ダッシュエックス文庫

JN178079

※ただし探偵は魔女であるものとする

ぷれいず・ぽぽん

まるで深海のような——仄暗さを内包した瞳。
その瞳が、水底から太陽を見上げているみたいに、
文字通り、キラリと輝く。
それを見間違いだろうかと思った瞬間。
「よし、これで隷属完了ね。
じゃあいくわよ」

濡れた銀髪をタオルで拭きながら、
まだそれほど凹凸のない華奢な身体には
バスタオルを一枚巻いただけの姿で、立っていた。
当たり前だが人に見られることなど
想定していないので、バスタオルの巻き方が甘く
「あられもない感」を演出してしまっている。
危険だ。俺は年下に興味ないからいいけど。

「……どうして、人がシャワーを浴びている時に入ってくるのかしら？」
「それはごめん。お前に対して初めて、心の底から悪いと思っている」

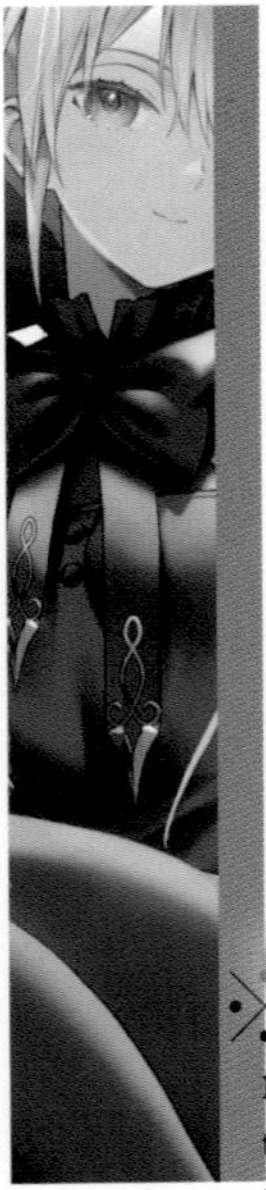

Premise,
the detective
is the witch.

ダッシュエックス文庫

※ただし探偵は魔女であるものとする

ぷれいず・ぽぽん

1【※ただし探偵は魔女であるものとする】

Premise, the detective is the witch.

都内に乱立する高層マンションの、とある一棟の最上階にて。

長々と続く格調高い雰囲気の廊下に、たった一つだけ取り付けられた扉――その一室の前に俺は立っていた。

「ここか」

インターホンを押す。

しかし応答がない。

「…………？」

コンコン。

今度はノックをしてみるが、やはり人が出てくる気配はない。

気づいていないのだろうか。

ゴンゴン、と今度はもっと強めにノックしてみる。

「おかしいな。メモによるとここで間違いないはずなんだが」

ゴンゴンゴンゴン。

俺はおそらく悠長にしていられないはず。ここで彼女に会えないのはマズい。

そう思い、さらにノックの強度を上げようとした瞬間――

「うるさい……こんな朝早くに訪ねてくんな」

中から人が出てきた。

まだ中学生くらいの女の子が、見るからにご機嫌斜めの様子で。

「ゴンゴンゴンゴン借金の取り立てみたいなノックなんかして、近所迷惑でしょうが」

「……すまない」

その迫力に気圧《けお》されて思わず謝ってしまった。

このフロアには他に部屋はないし、現在時刻は午前十一時なのだが……。

まあ、ざっと観察してみると納得はいく。

部屋着らしき黒のキャミソール姿に加え、彼女の腰元まであるサラサラの銀髪は、ところどころがワイルドに跳ねている。

この格好で寝ぐせがついているということは、どうやら本当に寝起きらしい。

とはいえ、こちらも事情が事情だ。引き下がれない。

メモ張を取り出し、書かれている手順通りに質問する。

「玖条凛音《くじょうりんね》。お前が『シャンゼリゼ』の【魔女】か？」

「だったらなに？」

「よし、第一段階はクリア」

肯定も兼ねた不機嫌そうな相槌《あいづち》を貰《もら》ったので、話を進める。

「依頼をしたい。頼まれてくれるか？」

「嫌よ。お断り」

「…………」

断られた。

まだ何も言ってないのに。

「言わなくても分かるわ。私は忙しいの。帰ってもらえる？」

「……ふむ」

メモにはここで『快諾《かいだく》してもらえるから次のページへGo！』って書いてあるんだけどな。

誰が書いたか知らないけど、さっそくピンチ。

「ちょっと待て。Q&Aを確認する」

メモ帳のページをパラパラと捲《めく》り、最後の方に記載されているQ&Aに目を通す。

「なにそれ？　なに読んでんの？」

「ええっと、【魔女】に依頼を断られた場合は……あった」

『凛音ちゃんは押しに弱いので、万が一の時は強引に進めちゃって！　口では嫌って言っていても内心はオッケーのツンデレタイプだから！』

なるほど。

解決策とは名ばかりの強行突破だが、やってみよう。

「ねぇ、もうドア閉めちゃっていい？」

「悪いがそういうわけにはいかない。依頼を受けてもらわないと困るんだ」

そう言って、俺はドアの隙間《すきま》に足を突っ込む。

「あ！　なにしてんの！」

「お邪魔します」

そしてそのままイン。

「ちょ！　勝手に入るな！」

靴を脱いで玄関へ上がり、廊下を通ってリビングへ入ると——

そこは外壁側が全面ガラス張りの、広大な空間だった。

ワンフロアに一室しかないだけあって、数百畳はくだらない部屋。

なにより特筆すべきは、この広さで実質ワンルームということ。

廊下を抜けたら最後、ここには空間を遮《さえぎ》るドアや仕切りが一つもない。

唯一《ゆいいつ》、部屋の中央に敷かれている大きな黒いカーペットの上に並べられたソファやベッド、テーブルなどの集まりだけが、人間の生活味を纏《まと》っている。

なんとも不思議な空間だ。

ガラスのローテーブルを挟んで二つ設置されている見るからに高級そうなソファ。その片方に腰掛けつつ、そんなことを思う。

思っていると、廊下の方からドタドタと足音が追いかけてきた。

「変態が私の部屋に！　勝手に！」

「変態じゃない、依頼主だ。早く座れ」

「私のソファなんですけど!?」

「いいソファだな」

「……そう？　わかる？　なによ、ただの不審者ってわけじゃなさそうね」

そこで少女の表情がちょっとだけ和《やわ》らいだ。

自室のインテリアを褒《ほ》められて嫌な気分になる人間はいない。

まぁ、今は状況が状況なのでコレで気分がほぐれるとは思っていなかったが……。

ともあれ良しとしよう。

「じゃあ早速、話を聞いてくれるか？」

「待って。その前にこっちの質問が先。アンタ誰？　どうやってここまで入り込んだの？」

「どうやってって、普通にエントランスから入って、エレベーターで」

「ありえないわ。ここは私専用のカードキーがないと正面玄関は開かないし、エレベーターだってこのフロアには停まらないのに」

「ああ、だからそのカードキーを使って来た」

証明のため、俺は懐《ふところ》から取り出したカードキーとやらをガラスのローテーブルに置く。

すると、少女はギョッとしたような顔でソレに釘付けになった。

「……なんでアンタが持ってんの？　これ、私専用に一枚だけしか作ってないのに」

「知らん。起きたらメモ帳と一緒に用意されてた」

「いやいやいや、ありえないんですけど……」

玖条はベッド脇の棚から持ってきた自身のカードキーを隣に置き、顔を近づけてマジマジと見比べる。

手に取って観察すればいいものを、わざわざ前傾姿勢になっていることにより、ガードの緩《ゆる》いキャミソールのせいで危ない角度になってしまっている。

「うーん、これの偽物《にせもの》なんか作れるはずないし……でも、どっからどう見ても同じものが二つあるとしか……」

「鑑定しているところ悪いが、そんなに前屈《まえかが》みになると見えるぞ」

「……へんたい」

「注意してやってるんだから紳士だろ。さぁ、さっさと本題に入るぞ」

「だから待ちなさいって。そんなにグイグイこないでよ、もう」

少女はひとまず二枚のカードキーから目を離すと、その流れで、今度は俺の方へ怪しむような視線を向けた。

「これ……アンタの能力？　物の複製が得意なの？　コピー的な感じ？」

「なんの話だ」

「そう。しらばっくれるのね」

「違う。本当に言っている意味が分からない」

「まあいいわ。じゃあ次は名前。名前を名乗りなさい。それを『シャンゼリゼ』のデータベースで照合して、変態なのか不審者なのかを確認するから」

「どっちも嫌だな、それ」

「で、お名前は？」

「分からない」

「は？」

素《す》で驚いた表情をする玖条に、可能な限りの説明を試みる。

「俺は今から一時間前に目を覚ました。だが、それまでの記憶がない」

「……え、どういうこと？　新手《あらて》の変態なの？　それとも記憶喪失？」

「その二択ならおそらく後者だ」

「そんなの、信じられると思う？」

「信じてもらわないと困る。話が前に進まない」

「仮に、仮によ。それが本当だとして、何も覚えていないアンタがここに来た理由は？」

「助けてほしいと頼まれたから」

このメモ帳の持ち主に。

一時間前、目が覚めた瞬間、それまでの記憶がなく自分が誰なのかも分からないという状況にひどく困惑《こんわく》している俺の目に、一冊のメモ帳が留まった。

それは残念ながら俺の私物ではなかったようで、スケジュールや知人の連絡先といった自身に関する情報は何一つ書かれていなかったのだが——

その代わり。

メモ帳の1ページ目には、『おはよ！　何も覚えていない貴方《あなた》にいきなりこんなことを切り出すのは気が引けるけど、でも他の人には絶対に頼めないから、無理を承知でお願いしたいと思います！　助けてくれないかな？』と書かれていた。

もちろん、これを記したのがどこの誰なのかは分からない。

常識的に考えれば、まずは自分の件で警察へ行くのが最優先のはずなのに、どうしても、そのどこか親近感のある筆跡で書かれた「助けて」という一文を無下《むげ》にはできず、俺はそのまま、メモ帳のページを捲って読み進めた。

——で、魔女への依頼を託され現在に至る。

「誰かが困っているのなら、助けてあげたい。そう思ったから俺はここに来た」

「自分の記憶もないくせに？」

「ああ」

「ふぅん……アンタ、死ぬほどお人好《よ》しね。たかがメモ帳でしょ？　いったい、なんて書いてあったらそんな思考になるのかしら」

「気になるか。中にはびっしり、俺の取るべき行動チャートみたいなものが書かれている」

「なにそれ」

「見た方が早い」

先程のカードキーと同様にテーブルにメモ帳を広げると、玖条はそれを、先程よりは浅い角度から見下ろした。

学習しているらしい。

メモ帳には『目を覚ました後にやることリスト♡』という目次から派生して、各ページに様々な指示が記載されている。

「さっき玄関でも読んでたわね、これ」

「ああ、ここまでの道筋も書かれてたからな。ほら、地図のページの端っこにはお前への伝言もある」

「『凛音ちゃん、悪いけど面倒みてあげてね♡』って……そもそも誰の物なの？　これ」

「さあな。記憶を失《な》くす前の俺のかもしれないし、そうじゃないかもしれない」

「……誰が書いたかも分からない指令に従うのって、勇気いるわよ？」

「同感だ。まぁ一応、持ち主の名前らしきものはあるんだが」

そう言ってメモ帳をひっくり返し、裏面を玖条に見せる。

真っ白な装丁《そうてい》のメモ帳の左下には、日本語でそう書かれていた。

『早見諌早《はやみいさはや》』。

「え、嘘。このメモ帳、早見のやつ……!?」

「ん、知り合いか？」

「知り合いっていうか、いや、えっと……あぁ、そういうこと。そういうことね。確かに、うん、どことなく似てるかも……いつもは声だけだったし……」

と、メモ帳に記載されていた名前を見て、なにやら腑《ふ》に落ちたような様子の玖条。

彼女はそのままドカッと勢いよく腰を下ろし、対面のソファに体を沈める。

そして。

「いいわ、とりあえず話は聞いてあげる」

緩慢な動作で脚と腕を組みながら——そう言った。

「急にどうした玖条、なにか分かったのなら説明を」

「話を聞いてあげるって言ってんの。用があるなら、私の気が変わらないうちにどうぞ?」

「なんか傲慢《ごうまん》だな」

「だって何も知らないんでしょ? だったら一度に羅列するより、その都度、説明してあげた方が効率的じゃない?」

「ああ、まあ……それは一理あるかも。じゃあ、本題に入らせてもらう」

割合まともな意見に納得しつつ、俺はメモ帳を開いて『凛音ちゃんへの依頼内容♡』と題されたページを開き、そこに書かれている内容を読み上げる。

「『こんにちは玖条、今回、名探偵である貴方に依頼したいお仕事は——」

「ストップ」

「なんだ」

「それ、原文ママ?」

「え？　いや……名前の部分は『玖条』じゃなくて『凜音ちゃん』って書かれてるけど、それがなにか？」

「情報は正確に伝えてくれる？　そこにそう書かれているなら、私のことは玖条じゃなくて、ちゃんと凜音って呼んで」

「なんで？」

「なんででも。ついでにこれから先もずっとね。呼ばなかったら無視するから」

「……わかった」

まあ、呼び方を変えることにデメリットがあるわけでもないし問題ないか。

なにより、ここで余計な怒りを買ってヘソを曲げられたら困るし。

「うるさい」

「何も言ってねえよ」

「心がうるさいわ」

「それはどうしようもないんだが」

じゃあ。

気を取り直してもう一度。

「『こんにちは凜音ちゃん、今回、名探偵である貴方に依頼したいお仕事は、私、早見諫早を殺害した人物たちの確保。及び、それを指示した組織の特定です。先日、究明機構の『シャンゼリゼ』に所属している〈ナンバー2〉の超超超名探偵、早見諫早が任務中に消息を絶ちました。ていうか死にました。ＰＳ　知っての通り、私はアンチが多いので♡　迷惑かけてごめんね♡』……以上だ」

「ふぅん、なるほどね」

「知っての通り、とか書かれてるけど、俺の知ってる固有名詞が少なすぎるぞ」

「『超超超名探偵』っていうのは、とってもすごい探偵という意味ね」

「その小学生みたいな称号はどうでもいい。究明機構と『シャンゼリゼ』の方を説明しろ」

「一回しか言わないからよく聞くのよ。究明機構っていうのは、能力者を抱《かか》えて管理する組織の名前。ここから【究明証《ライセンス》】を貰った人間は、探偵として活動することができるの」

「……知らない単語の説明中に、また知らない単語を出すのはよせ。能力者と、【究明証】の説明も追加で頼む」

「だからこう、手から火が出たり、生身で空を飛んだり、そういう他人には真似できない力を持っている人が能力者で、その人たちに究明機構から発行されるのが【究明証】。ま、個人個人を管理するための社員証やコードネームだと思ってくれればいいわ」

「待った、この世界には手から火を出したりする人間が普通に存在している、と？」

「一般常識じゃないわよ。表沙汰にはならないよう、究明機構が徹底的に管理してるから」

「……ひとつ確認させてくれ。ここはいま、二十一世紀の日本で合ってるか？」

「ええ」

「なるほど、な」

現時点で俺は記憶の大半を失っているものの、幸い、年代や日付は覚えており、そこは自分の認識と合致《がっち》している。

てっきりタイムスリップしたり、別の世界にでも迷い込んだのかと思ったが……。

そうではなく。

この現代日本には、漫画やアニメに出てくるような能力者がいて、そういう人物たちを管理する組織が確かに存在している――らしい。

「けど、そんな現実離れしたこと、いきなり言われても信じられな――」

「信じるしかないわよ。実際、今こうして目の前にいるわけだし」

そう言って、玖条凛音は僅《わず》かに口角を上げる。

まるで魔女のように――妖《あや》しく笑う。

「……お前もそうなのか」

「一番最初に自分で訊《き》いたじゃない。お前が『シャンゼリゼ』の【魔女】か？　って」

「あれはメモ帳に書いてあったからそう言っただけで、意味は分かってない。いまだに」

「やれやれ、面倒だわ本当に。いい？　『シャンゼリゼ』は私が所属している究明機構のグループ。部署ね。で、【魔女】が私の【究明証】、つまり能力の名前」

「へぇ……それはちなみに、どんな感じの能力なんだ？」

「レディになに訊いてんの。言うわけないでしょ」

「その体重を訊いた時みたいな反応やめろ。……まぁ、探偵として活動するというからには、警察みたいな捜査向きの能力なんだろうけど」

「そうとも限らないわよ？　機密保持のため、究明機構はあらゆる能力者を抱《かか》え込むから」

「じゃあ中には探偵に向いてない奴もいるんじゃないか？」

「ええ、いるわ」

「……なら、なんで探偵一択なんだ。他の仕事に就《つ》かせてやれよ」

「探偵なんて名前だけよ。実際の仕事は人によって様々。だけどスパイとかエージェントだとなんか物騒でしょ？　だからトップの意向で、正義っぽい響きの「探偵」という肩書きで纏めているの。究明機構には人と戦うのが得意な探偵もいるし、お金を稼ぐのが得意な探偵もいるわ」

「サラリーマン、みたいなもんか」

「そ。ただ活躍の仕方が表舞台か裏社会か、違うのはその辺だけね」

「表沙汰にならないってことは、悪い組織なのか？　規模の大きいマフィアみたいな」

「逆。究明機構はそういうのを撃滅するための組織よ。だけどまぁ、百パーセント正しいとは言いきれないかもね。世界の平和を守るためなら手段は選ばない。そんな感じだから」

「なるほど。あくまで正義の味方ではあるわけだ……ふむ」

まだ十分理解できたとは言えないが、ひとまず単語の意味は把握できた。

さて、これらの情報を踏まえた上で、俺が次に言及すべき事柄は一つ。

「ところで……早見諫早さん、死んでるっぽいけど」

それだけである。

何も覚えていない俺をここまで導いてくれたメモの持ち主が、既《すで》に亡くなっていたとは。

「ええ、知ってる。昨日、報告があったわ」

「なんかすごいポップな遺言を遺《のこ》してるけど……どういう人だったんだ？」

「私と同じ『シャンゼリゼ』に所属していて、そこの序列二位。クールな見た目とは裏腹に、明るくて陽気で、いつも真面目《まじめ》じゃないおかしな人、かしら」

「それは褒めてないよな？」

「もちろん」

と、深く頷《うなず》く玖条。

俺も会ったことはないが、このメモの書き方からして、なんとなくそういう性格なんだろうなということが見えてくる。ていうか見えてきてしまう。

「変わった人だったんだな」

「他人事《ひとごと》じゃないわよ」

「どういう意味だ？」

「そのまんま。早見諫早は、アンタの名前よ」

「……は？」

え。

何気なくした質問に、とんでもないカウンターパンチが返ってきた。

いやいやいや……え？

「この早見諫早って……俺なの？」

「そうよ。ほらここ、もう一回読んでみて」

トントンと、玖条は先程の依頼内容が書かれたメモ帳を指で示す。

「えっと、『こんにちは凛音ちゃん、今回、名探偵である貴方に依頼したいお仕事は、私、早見諫早を殺害した人物たちの確保。及び、それを指示した組織の特定――』」

「ここの文章って、アンタが私にセリフとして読み上げるために書かれたものよね？」

「ああ、そうだな」

「じゃあつまり、これは全部アンタの発言として用意されてるってことでしょ？」

「ってことはこの、『私』っていうのは俺のこと？」

「でしょうね。自分の正体が判明してよかったじゃない」

「え、でも、早見諫早は既に亡くなってるって……」

「そうね。『シャンゼリゼ』の方でも正式に死亡が確認されているわ」

「けど俺は今、こうして普通に生きてるわけだから……」

凛音の言うように、俺が本当に早見諫早という人物で間違いないのであれば――

「ええ、早見諫早は死んでいるけど、早見諫早は生きている、ということになるわね」

「それ、自分で言ってて矛盾《むじゅん》してるって思わないか？　ありえないぞ」

「そうかしら？　同じ人間が二人いたり、命が何個かあったり、死んだ後に生き返ったりすれば、普通にありうる状況じゃない？」

「そんな当たり前みたいに言われてもな……」

思考レベルが違いすぎる。以前の俺がどうだったかは知らないが、今の俺は脳内にそういう選択肢を持てる状況じゃない。ただの一般人だ。

「もし俺が早見諫早だとしたら、俺はなんで自分自身に犯人捜しを頼んでるの？」

「そんなの私が知るはずないでしょ」

「人選的に一番向いてないと思うけどな。なんかこう、確固たる証拠みたいなものがあればいいんだが……あ、そうだ、写真。写真とかない？」

「ないわ。……あ、でも、あれなら」

と、玖条はなにかを思い出したらしく、おもむろにソファから立ち上がり、さっきカードキーを取り出した棚から一枚の紙を持ってきた。

小さな長方形の厚紙には、黒のインクで文字が印刷されている。

――早見諫早【楽園】――

それ以外には何も記載されていない。メールアドレスも電話番号もナシ。

「名前しか書かれてないけど……もしかして名刺か、これ」

「そうよ。私が貰った時は左の胸ポケットから出してたけど」

「左ね」

ジャケットの胸元に手を突っ込んで探ると――

そこには、玖条が持っていたものとまったく同じ名刺が——一枚だけ入っていた。

「どう、納得した？」

「うーん、まぁ、自分の服から出てきたものだし、わざわざ他人の名刺だけを持ち歩くとも思えないから、可能性は高いと思うが……」

こう、なんか釈然としないっていうか。

うまく言葉にできないけど、モヤモヤしたものが胸に残っている。

「何？　やっぱ簡単には納得できない？」

「確認なんだけど、この名刺を持ってるってことは、お前は早見諌早と少なからず面識があるんだよな？」

「一応ね」

そう淡々と肯定する玖条を見て、胸の中のモヤモヤが明確になった。

「だとしたらあれはなんでだ？」

「あれってどれ？」

「ついさっき俺が訪ねてきた時、お前、普通に『アンタ誰？』って言わなかった？」

「…………あ」

固まった。

なんかすごい気まずそうな表情でフリーズした。

どっちだろう。何らかの理由で、記憶のない俺を早見諌早という人物に仕立て上げようとしているのか、それとも単純に俺のことを忘れていたのか。

「俺、やっぱ早見さんじゃないんじゃないの?」

「違っ!　そんなことない!　えっと……そう、わ、忘れてたのよ!　なんの特徴もないから
すっかり忘れてた!」

「……後者か」

それはそれで普通に傷つくなぁ……。

「でも話してたら段々と思い出してきたの!　思い出したんだからいいじゃない!」

「別にいいけどさ……」

なんかやけに捲し立てられたな。忘れてたのは向こうなのに。

不条理だ。

「まぁ、今は他に判断材料がないし、暫定《ざんてい》的に俺は早見諫早(仮)ということにしておく」

「うん。いいんじゃない、それで。とてもいいと思うわ」

「じゃあさっそく調査に行こう。誰が俺を殺したかを調べないとな」

「ええ?　それは嫌。話を聞くとは言ったけど、依頼を受けるとは一言も」

「人のこと忘れてたんだから罪滅ぼしに付き合えよ。ほら行くぞ」

「ひゃうっ」

俺は玖条の腹部に腕を回し、そのまま脇腹の位置で抱え込む。

軽っ。

「出ないわよ、そんなもん！　ホントに待って待って待って！　こんな格好で外に出るわけないでしょう!?」

「嫌なら【魔女】の力で脱出してみろ。魔女ビームとかで」

「ちょっ、気安く抱えるな！」

「じゃあ着替えろ」

「行きたくない！　服も髪も準備に時間かかるから！」

「同僚が死んでるんだぞ？　協力してくれてもいいじゃないか」

「元はといえば、そっちが先に断ったんでしょ！」

「……え？」

そこで思わず、廊下へ向かっていた足を止める。

「どういうことだ？」

「ちょっと前に、早見へ依頼のお願いをしたんだけど断られたの。私のお願いは聞いてくれないのに、自分の依頼は引き受けろなんて、そんなの傲慢よ」

「なるほど、な。……ちなみに依頼の内容は？」

「秘密。だけど殺人事件の犯人捜しよりは簡単なやつ」

ふてくされる子供のように、玖条は言った。

そうか、それでずっと乗り気じゃなかったのか。

「すまないな、過去の俺が」

「謝らなくていい。今のアンタに責任はないし。けど、悪いと思ってるなら帰って」

「そういうわけにもいかない」

ここで引き下がってしまえば、早見諫早のことを――過去の自分自身のことを知る機会は失われる。

あのメモ帳を見て一度首を突っ込んだ以上、責任をもって、俺はこの件に最後まで関わっていたいと思う。

なにより、以前の俺（かもしれない人物）に対して玖条が溜めたフラストレーションは、今の俺が清算する義務があるだろう。

そうだなぁ、要するにギブアンドテイクが成立すればいいわけだから――

「よし、じゃあこうしよう。この依頼を解決してくれたら、その謝礼として、俺がお前の依頼を引き受ける」

「……へ？」

それが予想だにしない申し出だったらしく、玖条は目を丸くした。

ついでに口もポカンと開いている。

「ほ、本気？　依頼の内容も聞いてないのに？」

「ああ、言いたくないなら言わないでいい。話したくなったら話せ」

「とんでもない仕事だったらどうするの……？　ちょっと危機感なさすぎるんじゃない？」

「危機感があったら、誰が書いたかも分からないメモ帳の指示になんか従うか」

「……なんでそこまでするわけ？　今のアンタにとって早見は他人も同然の、名前以外、何も知らない人間なのに」

「何も知らないから——知りたいんじゃないか」

俺が本当に早見諌早という人物なのか。

そうだとしたら、過去の自分に何があったのか。

そして、それらを抜きにしても——究極的には。

誰かが助けを求めているなら、なんとかしてあげたいと思う心。

どうやらそれだけが、記憶が消え去った今の俺の中に残っているようだった。

「『助けてくれ』と頼まれたら、たとえそれが『他人』だろうと『自分』だろうと関係ない。俺はそれを断らない。助けるさ」

それを聞いて——玖条はどこか呆れたように言う。

「……本っ当にお人好し。そのあたりの価値観は——やっぱりそのままなのね」

言って、言葉を続ける。

「正式に言質《げんち》を取るわよ？　この依頼を解決した暁《あかつき》には、私のお願いをなんでも、絶対に聞いてくれるのね？」

「ああ、約束する」

「まったくもう、またそんな気軽に言っちゃって…………」

俺の返答の後、玖条が黙ったことにより少しの間《ま》が空く。

しかし、やがて。

「……なら、いいわよ。アンタの依頼、引き受けてあげる」

と、彼女は俺に抱きかかえられたまま了承した。

交渉成立。契約締結。

これで無事に、スタートラインに立つことができた。

「ただし、依頼を受けている間、立場は私の方が上だから。ちゃんと言うこと聞くのよ？」

「助手と探偵みたいなもんだろ、分かってる。じゃあ早速行くぞ」

「行くって、どこに？」

「…………」

確かに。

何も考えてなかった。

ていうか考えるための情報とかがなんにもなかった。

「はぁ……まったくもう。はい、降ろして。出掛ける準備するから」

「……了解」

言われるがまま、おとなしく玖条を下ろす。

「色々と準備があるから、出発まで一時間はかかるわ」

「なが」

「女の子は大変なのよ。時間は無駄にしたくないし、悪いけどもう一回来てくれる？」

「待っとくわ。出直すのも面倒だし」

「ああ、そういう意味じゃなくて。文字通り、もう一回ここに来て？」

「……はい？」

「説明するより体験した方が早いわ、いいって言うまで私の眼を見てて」

と、玖条は俺の両肩を掴んで姿勢を下げさせ、目線の高さを合わせる。

なんだ、いったい。

そこからしばらく、その青色の目に見つめられた。

まるで深海のような——仄暗《ほのぐら》さを内包した瞳。

その瞳が、水底《みなそこ》から太陽を見上げているみたいに、文字通り、キラリと輝く。

それを見間違いだろうかと思った瞬間。

「よし、これで隷属《れいぞく》完了ね。じゃあいくわよ」

玖条凛音はそう言って。

「え、今なんて——」

「飛び去りなさい。【魔女《チエツクメイト・ウイツチ》】」

俺の言葉に聞く耳も持たず——その煌《きら》めく目をパチンと閉じて。

可愛らしくウィンクをした。

見覚えのある部屋で目覚めた。

そこはビジネスホテルの一室。つい一時間前に、何も覚えていない状態で起床した部屋でもう一度目を覚まして、誰かが用意してくれたであろう『一番好きなの買っといたよ♡』という付箋《ふせん》が添えられたコンビニのおにぎり（鮭《さけ》）を食べ、それから、傍《そば》に置いてあったメモ帳に目を通し、他にすることもないので指示通りの場所に向かう。

数十分後、見覚えのある高層マンションに辿《たど》り着いた。

メモ帳と一緒に用意されていたカードキーでエントランスをくぐり、エレベーターで最上階まで上がる。

で。

「すごい既視《きし》感……」

長々と続く格調高い雰囲気の廊下に、たった一つだけ取り付けられた扉――その一室の前に俺は立っていた。

インターホンを押そうとすると。

ガチャ。

今度は、一度もノックをすることなく扉が開いた。

まるで――来る時間が分かっていたみたいに。

出てきたのは、黒いロングコートに身を包んだ少女。

彼女の銀髪は両サイドで丁寧《ていねい》に纏められ、見事なツインテールに仕上がっている。

「来たわね、じゃあ行きましょうか」

「……もっとこう、他に言うことあるだろ」

「なにかしら。あ、前回はちゃんとした挨拶《あいさつ》ができなかったものね。いいわ、じゃあ改めて――コホン、初めまして。『シャンゼリゼ』の【魔女】、玖条凜音よ。これから、あなたの顧問探偵、兼、ご主人様を務めるわ。よろしくね、眷属《けんぞく》?」

†

「分からない。何一つ分からない」

一階へと降下するエレベーター内で、俺は玖条を問い詰める。

「さっきのはなんだ？　これはいったいどういうことだ」

しかし対する玖条は、次々と数字が減っていく階層表示用のモニターを退屈そうに眺めながら、素《そ》っ気《け》なく答えた。

「【究明証】には、本人しか知らないもう一つの読み方がある。能力の秘匿《ひとく》のためよ。第三者が呼ぶ分には『まじょ』で正解だけど、私の場合は『チェックメイト・ウィッチ』――それが、私の持っている力の、正しい発音」

「そんなことは訊いてない。俺はいま起きている現象について尋《たず》ねている」

「見たまんまでしょ、時間が戻ったのよ」

「当たり前みたいに言うな」

「私にとっては当たり前なの。走ったりボールを投げたりするのと同じ行為よ……っと」

言いつつ、一階に到着してゆっくりと開くエレベーターの隙間をすり抜ける玖条。

俺は完全にドアが開ききった後、それを追う。

「こんなことをしたら今頃、世界は大混乱じゃないのか？」

「アンタが二回目にここへ来る時、街中は大混乱だった？」

「……いや」

「でしょ？　【魔女《チェックメイト・ウィッチ》】の時間旅行を認識できるのは、私と、私の眷属だけ」

「俺はお前の眷属になった覚えはないが」

「さっき勝手にしておいたわ」

「……許可は？」

知らない間に主従関係になっちゃってるんですけど。

だが、俺の悲痛な訴えに構うことなく玖条はエントランスを出て、路肩に停まっていた黒い高級車の後部座席に乗り込んだ。

「ほら、アンタも早く」

「はいはい……分かりましたよ、ご主人様」

言われるがまま渋々乗り込み、彼女の横に腰を下ろす。

自動開閉のドアが閉まると、車は静かに発進した。

さすがは高級車といったところか、運転席との間は物理的に空間が仕切られており、ドライバーの姿は確認できない。

……いや、今はそんなところに脳のリソースを回している場合ではないな。

不安要素がいっぱいだ。

「これいま、どこに向かってんの?」

「『シャンゼリゼ』の本社ビルよ。ここからだと三十分もかからないわ」

「早見諌早は既に死んでるんだけど、俺が行って大丈夫なのか?」

「平気よ。絶対バレないから」

「なんで言いきれる?」

「だって、早見諌早の姿を知っている人間は、この世に片手で数えるほどしかいないもの」

玖条は言う。

「身長、体重、性別、能力などのプロフィールは、名前以外すべてトップシークレット。だから大丈夫。まぁ一応、呼び名は変えた方がいいかしらね」

「そうだな。普通に早見諫早を名乗るわけにはいかないし」

「眷属にしましょうか」

「それは名前じゃねえ」

「でも、偽名なんか使ってもすぐバレると思うわよ。だったらいっそ名前なんて無い方がマシ。眷属呼ばわりされてるような奴なんて、誰もマークしないだろうから」

「なるほどな、俺の尊厳を考慮しないなら合理的なアイデアだ。殺された早見諫早のことを嗅《か》ぎ回る以上、明確に危険な『敵』が存在するわけだしな」

「そうそう。背に腹は代えられない、というやつね」

「にしても代償がデカいわ」

これならまだ自分が誰なのか分からない方が良かったかも。

……というか、さっき【魔女】の能力の説明を聞いて思ったんだけど。

「お前の能力って、どれくらい前まで戻れるの？」

「んー、まあ、理論上は好きなだけ。でも未来に行くことはできないから、五歳くらいの時に戻ったらさぞかし面倒でしょうね」

「だったらさ、それって早見諫早が死ぬ前まで戻れるんじゃや？」

「戻れるわよ」

「あれ、じゃあ解決してない？　普通に過去に戻って、二人で戦えばいい」

「私、戦闘は専門外なの。それに、眷属は一日以上前に戻ると契約が解けちゃって、遡行《そこう》した分の記憶を引き継げないし」

「なら、玖条が助言に行くだけでもいいと思うぞ。自分の命を狙う脅威の存在を知っているのと知らないのとじゃ話が変わってくる」

「それは、まあ、そうだけど……」

そこで玖条はなぜか言い淀《よど》み——不意に。

俺から目を逸《そ》らし。窓の外を向いた。

「どうした？」

「………」

「あれ、玖条？」

「…………」

返事がない。

この距離で無視された。

「あの、玖条さん？」

「それ、それが不服だから無視してみたの」

「それって？」

「名前よ。苗字とかお前とかじゃなくて、たまにはちゃんと下の名前で呼んで。そういう約束だったでしょ」

「あー……そういやそうだったな」

ちょっと色々ありすぎて忘れてた。

まったく、会話をぶった切っていきなり何を言いだすかと思えば。

「別に玖条のままでよくないか？」

「話を続けたくないならそれでもいいけど？」

「……わかったよ」

いったい、どうしてそこまで自身の呼ばれ方にこだわるのだろうか。

親しくない他人から下の名前で呼ばれるのは抵抗があるだろうと思い、こちらとしては一応、気を遣《つか》っていたつもりなのだが……ま、勝手に人の家へ上がり込んでおいて、なにを今更といった感じではある。

まぁいいや、ご主人様のお望みとあらば。

「――なぁ、凛音」

「んふふ、なぁに？」

俺が名前を呼ぶと、彼女はニコニコ笑顔でこちらを向いた。

それはどうやら、これまでその整った顔に浮かぶことのなかった、心の底からの笑顔だと思われる。

いったい、なにがそんなに嬉しいんだろうか。

ていうか、今まで一度もまともな理由で笑っていなかったという事実に震える。

まだ中学生くらいだろうに、将来が心配だ。

「はい。これで満足だな。話を戻すぞ。凛音が過去に戻って早見諫早に事件のことを伝える。それが最も適切な解決法だと俺は思う」

「間違ってるわ。アンタは早見の実力を計算に入れてない」

「入れるとどうなる？」

「早見諫早は究明機構で最も優秀な探偵なの。それこそ、他の探偵が百人で束になっても勝てないくらいにね」

「そんなにか」

「そう。アンタ本当は凄《すご》いのよ？　ま、今はこんなんだけど」

「悪かったな」

「とにかく、その早見が後《おく》れを取るような相手に、私はどう立ち回っても勝てない。まず間違いなく、早見に連絡した時点で警戒されてしまう。そうなると敵の足取りは掴めないし、最悪、私も殺されちゃう」

だから、と凛音は真顔で続ける。

「今だからチャンスなの。早見が死んだ後だからこそ——敵の警戒心は薄れている」

「……なるほど、な」

考えてみればそりゃそうか。俺が数分で思いつくような能力の使い道なんて、本人は真っ先に気づくよな。

少し、この魔女っ子を過小評価していたようだ。

「黙りなさい」

「黙ってるよ」

それから。

凛音の言っていた通り——車は二十分ほどで目的地に到着した。

膨大な数のビルが規則的に立ち並ぶオフィス街にて。

降車してまず目に入ったのは、この一帯で最も背が高い、空まで届くようなビルの根本である。

「……普通に街中にあるんだ。俺はもっとこう、人気《ひとけ》のない場所とか地下にひっそり構えているもんだと思ってた」

「組織の利便性を考えると僻地《へきち》はどうしてもね。まぁ、近寄るのは究明機構の関係者だけだし、周りから見ればただのオフィスビルでしょ？　コソコソするより堂々としてる方が案外、誰も気に留めないのよ」

「そういうもんか。じゃあ行こう」

「待って。入る前に一つ忠告」

と、凛音は車内で脱いでいたコートを再び羽織りながら、俺を呼び止める。

「なんだ、こちとら外套《がいとう》がないから肌寒いんだ。中に入ってからでいいだろ」

俺の記憶が正しければ今日は十一月の二日。ジャケットだけじゃ寒い。

「一言だけだから聞きなさい。ここから先、私たちが出会う人間は全員敵だと思うこと。い

「物騒だな。同僚なんだろ？」

「同僚だから危ないいんじゃない。早見諫早を殺せる人間がいるとしたら、そいつは間違いなくい？」

能力者よ」

「あー……つまり、ここに裏切り者の犯人がいる可能性もあるわけか」

「そういうこと。中でも一番怪しいのは、頼んでもないのに向こうからこっちに関わろうとしてくる奴——」

「あー！　凛音さんじゃないですかー！」

凛音が何か言おうとした時、背後から声をかけられた。

当然、俺はそれが誰だか分からずに振り返るわけだが、凛音はというと、どうやらその声だけで人物を特定したらしく——露骨に嫌そうな顔で首だけを曲げる。

「どうもどうも、お久しぶりですー」

と、俺たちのもとに小走りでやってきたのは、いわゆる「ＪＫ」と呼ばれる類《たぐい》の女の子だった。

十代後半っぽい雰囲気に制服姿。どこからどう見ても学生である。

薄い青色の髪はショートボブに切り揃《そろ》えられており、ばっちりメイクの施《ほどこ》された大きな目で爽《さわ》やかな笑顔を浮かべ、こちらを見ている。

「お友達か？」

「んなわけないでしょ。『シャンゼリゼ』の人間よ」

「えー、私は凛音さんのことをお友達だと思ってるんですけど」

「馴れ馴れしく下の名前で呼ばないで」

「あはは、いいじゃないですか。で、そちらのイケメンの方は？」

「……？　誰のこと言ってんの？」

「俺のことに決まってるだろ」

「珍しいですね。凛音さんが誰かと一緒にいるなんて。助手さんですか？」

「眷属だ」

「眷属!?　……うわぉ、なんか、聞いちゃダメなことだったっぽいです……」

少女は明らかに動揺している。ていうか引いている。

「深い意味はないから気にしないでくれ」

「そう言われましても……気になるんですけど……」

「衣坂《ころもさか》。悪いけどお喋《しゃべ》りの相手は『シャンゼリゼ』で別に見つけてくれる？」

コートの襟《えり》を立てながら、凛音はあしらうように言う。

忘れているのか元々知らないのかは不明だが、なんにせよ初めて聞く名前だった。

するとそこで、その初耳っぽい反応が表情に出たらしく、衣坂と呼ばれた少女は、「あ、申し遅れました」と、ペコリと軽くお辞儀をして挨拶してくれた。

「初めまして。凛音さんと同じく『シャンゼリゼ』で探偵をやっています。衣坂灯華《ころもさかとうか》です。

親しみを込めて灯華って呼んでください！」

「よろしく。俺に名前はないから聞くだけになってしまうが」

「凛音さんってば、随分《ずいぶん》とハードなプレイを……」

「うるさい。私たち用事があるから、もう行くわよ」

「あー待ってください。せっかく会えたんですから一緒にお仕事しましょうよー」

「嫌よ、他を当たって」

「それができないから凛音さんにお願いしてるんです。私いま、早見さんを殺《あや》めた犯人の捜査で手一杯なんですよ！」

「……捜査？」

会話を切り上げ『シャンゼリゼ』のビルへ歩きだそうとしていた凛音だったが、その一言により一瞬立ち止まった。

灯華はその隙に凛音の前に回り込み、身振り手振りで己《おのれ》の窮状《きゅうじょう》を訴える。

「すっっっごくピンチなんです！　私だけじゃどう考えても無理です！」

「なんで灯華一人でやってるんだ？」

「今回の早見さんの事件は超が付くほどの機密事項です。なので、この件に携《たずさ》わることができるのはナンバー持ちである『シャンゼリゼ』の幹部の人に限られるんですけど、その方たちがだーれも協力してくれなくて……」

「最悪の職場だな」

「はい。『シャンゼリゼ』の局長である〈ナンバー1〉と、〈ナンバー2〉だった早見さんはともかく、3、4、5、6が全員、自分の仕事を優先してるのはひどいです。パワハラです。本来は末席である〈ナンバー7〉の私がやるようなお仕事じゃないのに……」

「大変だな……パワハラ四天王じゃないか」

「………」

俺が彼女の職場環境に同情している間、なぜか凛音の目は泳いでいた。

その理由は推測を立てる間もなく、すぐさま判明する。

「でも運が良かったです。まさか本社前で偶然、〈ナンバー4〉の凛音さんに会えるなんて」

灯華は嬉しそうに言った。

まるで救世主でも現れたかのように。いや、彼女にとっては実際にそうなのだろう。

おいおい、四天王の一角が隣にいたわ。

「うちのご主人様が、他人に仕事を押し付けるパワハラ気質ですまないな」

「誰がよ！」

「だってそうだろうが」

「最近はちょっと色々あって、仕事ができる精神状態じゃなかったっていうか……」

「心がぶっ壊れそうなのはハードワークを強《し》いられてる私ですぅ……」

「よし、俺たちが今からでも手伝おう」

「いいんですか？　助かります！」

「ちょ、なに勝手に……！」

反対の意を込めて首を左右に振る凛音。

彼女はそのまま俺の首根っこを摑んで灯華から引き離し、小声で言う。

「犬じゃないんだからすぐに飛びつかないで」

「いいじゃないか。早見の情報を得られるチャンスだぞ」

「さっき言ったでしょ？　誰が敵かも分からないうちは、迂闊《うかつ》な行動は避けるの」

「だが、灯華が早見の事件を担当しているのは俺が死んだせいだろ？　迷惑をかけてしまっている以上、それを見過ごすことはできない」

「はぁ……まったくもう。ほんと無駄に責任感強いわね、アンタ」

「どうも」

「……褒めてないんですけど」

←

「どうぞ、どうぞ！　お入りくださいー」

灯華に案内されて通されたのは——五階建てのビルの一階。こぢんまりとした事務所。

『シャンゼリゼ』からほんの数分歩いたところにある、彼女の職場である。

「いやー、凛音さんたちが協力してくださるなら心強いです。あ、どうぞお座りください」

「どうも」

事務所内に一つだけ置かれている来客用のソファに、俺たち二人は横並びで腰を下ろす。

仕事用の机も一つで、他に部屋があるような造りではない。

「一人でやってるのか？」

「へ？　あ、はい、そうですよ。『シャンゼリゼ』の探偵は基本的に単独行動が多いです」

「それって危険じゃない？　早見の件もあるし」

「そうなんですけどねー、ウチはみんな、他人と一緒にいるのが好きじゃないっていうか……課報部《ちょうほうぶ》である以上、他と比べても人一倍【究明証】の能力を第三者に知られたくない方が多いんですよね」

「課報部？」

「はい。『シャンゼリゼ』は情報を扱う部署なんですよ。ご存じないです？」

「知らなかったな」

まあ、でもそうか。究明機構とやらが内部でグループ分けされているからには当然、それぞれに役割が存在するわけで。

「究明機構には三つの組織があるんです。未然解決局『シャンゼリゼ』。大聖堂『フロンティア』。連星師団『ニライカナイ』。それぞれが課報、資金調達、戦闘を専門にしています」

「なるほど。究明機構の人間は全員、自分の【究明証】の適性によって、どこかしらに振り分けられるわけだ」

「ですです。凜音さんのお供をしているということは、眷属さんも『シャンゼリゼ』なんですよね？」

「ああ、そうだな」

「じゃ、これから同僚としてよろしくお願いしますねー！　これ、私の名刺です」

丁寧に両手で差し出された灯華の名刺を受け取る。

「ありがとう。例によって貰うだけになってしまうけど」

「お気になさらず。今お飲み物を用意しますね。ご希望は？」

「あ、じゃあコーヒーで」

「凜音さんは？」

「……私もコーヒー」

「了解です。入り口の自販機で買ってきますねー」

「あ、ないなら別にいいけど……」

「いえいえ、ご遠慮なくー」

少々お待ちを、と軽くスキップを踏んで買い出しに向かう灯華。

明るくて可愛くて素敵な子だ。高校とかで同じクラスだったら男子は全員好きになるわ、絶対。

で、逆に俺のご主人様の方はというと――

「…………」

所望《しょもう》するドリンクについて回答するまで、凜音は口を固く結んでいた。

ついでに偉そうに脚も組んでいる。

「機嫌悪いな」

「別に。私がヘラヘラ笑うようなタイプじゃないってもう分かってるでしょ」

「灯華を警戒してるのか?」

「ええ、そう」

「けどさ、あの子は『シャンゼリゼ』の探偵だろ? 同僚である早見を殺す理由なんてあるか?」

「今の世の中、職場の同僚を殺したいと思ってる人間は多いわよ?」

「そんな殺伐《さつばつ》とした社会は嫌だ……」

もっと優しい世界であってほしい。

まあ、それはともかく。

「順当に考えるなら、諜報活動に長《た》けた『シャンゼリゼ』ではなく、戦闘を専門にするなんとかこうとか……」

「『ニライカナイ』」

「そうそれ。そこに所属している探偵の方が怪しいと思う」

「それについては同感。けどまぁ、今はまだ衣坂をシロにするには早いわ。まずはあいつが持ってる情報とやらを確認してみないと」

「……ふむ」

そう結論づける凛音の隣で、灯華から貰った名刺を確認してみる。

オレンジ色を基調としたポップな長方形に黒のインクで印刷されているのは、名前とメールアドレスと電話番号と――【究明証】。

――衣坂灯華【泥棒猫】――

どろぼうねこ、か。やっぱ究明機構の探偵同士だと、こういうところから能力や本来の呼び名を推測されたりするんだろうか。

明るくて可愛い美少女ＪＫ。

正直、疑う余地なんてないように思えるが――

まぁ。

「なんにせよ、俺やお前とは違う人種だな」

「私も含めないで」

「俺がお前の家に行ったときは飲み物なんか出てこなかった」

「それはアンタが勝手に部屋に入ってきたからよ。来客じゃなくて不審者だったの。ていうかそもそも、二人称が『お前』の男なんてあの程度の扱いで十分」

「『お前』って昔は敬称だったらしいぞ」

「今は二十一世紀ですけど」

「お得意の能力で千年前くらいまで戻るといい。ほら、キラキラリンって」

「そんな変な音は出ません。はい罰ね、魔女キック」

どすっ。

「……っ！」

靴のかかとで足を踏まれた。

ふざけた技名とは裏腹にとんでもない威力である。

「うぁ、悲鳴が出ないくらい痛い……！」

「ごめんなさい、つい手が出たわ」

「足が突き刺さったんだが!?」

「はーい、お待たせしましたー……って、あれ？」

俺が体を丸めて足の甲に穴が開いていないかを確認していると。

入り口のドアをガチャリと開け、缶コーヒーを数本抱えた灯華が戻ってきた。

「眷属さん、どうされました？　お腹《なか》痛いですか？」

「ああいや……なんでもない」

「そうですか？　なにかあったら仰《おつしや》ってくださいね。お薬もご用意できますので！」

言いつつ、灯華は俺たちの前のテーブルに缶コーヒーを並べる。

それも二本ずつ。

砂糖の有無を訊いていなかったから2パターン用意してくれたのだろう。

優しい……。

「ありがとう。いただきます」

お礼を言って缶コーヒーを飲み、一息ついていると（凛音は砂糖入のやつ）、灯華は仕事用の机からキャスター付きの椅子を引っ張り出し、俺たちの前まで滑ってきた。

「シャーっと。あ、そうだ、知ってます？　缶コーヒーのスチール缶って飛び道具としてかなり有用らしいですよ。投げやすいし、アルミよりも頑丈だから」

「へぇ、知らなかった……けど、使う機会がないといいな。そんな物騒な知識」

「あはは、ですねー」

と、椅子にまたがった状態で愛嬌《あいきょう》たっぷりの笑顔を見せる灯華。

まるで学校の休み時間である。

……ん、学校といえば。

「なぁ、灯華のその格好って制服だよな？」

「はい、そうですよー」

「ってことは、学生をやりながら探偵を？」

「んー、合ってるけど違いますね」

「？」

「年齢は十六ですけど、高校には通っていません。この制服は『シャンゼリゼ』が製作した特注品です。私くらいの女の子が街中に溶け込むには最適でしょ？」

「それはそうかもしれないけど……探偵って義務教育だけでどうにかなるもん？」

「私は幼い頃から究明機構のお世話になっているので、一般常識や学力みたいなものはバッチリ叩き込まれてます。凛音さんも同じですよね？」

「そうよ。今の缶コーヒーの話みたいに、一生使わないような知識まで刷り込まれたわ」

「嫌なカリキュラムだな」

「ふふふ。あ、ちなみに眷属さんはどうなんですか？　私と同年代に見えますけど、究明機構出身じゃないってことは、そちらこそ現役高校生の探偵さんでは？」

「あぁ、俺は……」

えっと。

待てよ、そもそも俺はいくつなんだ？

「凛音、俺の年齢わかるか？」

「知るはずないでしょ」

「女の子に年齢を言わせておいて自分は秘密って、それはナシですよ」

「いや、隠してるわけじゃなくて、ちょっとド忘れしちゃって……」

「本当ですかぁ？」

「ちなみに、いくつくらいに見える？」

「んー、印象的には私よりちょい上……まぁ、十七歳か、十八歳くらいに見えますけど」

「じゃあそれで」

「それでってなんですか。答え教えてくださいよー」

「思い出したら言うわ。それより仕事。そろそろ仕事の話を聞かせてくれ」

別に後ろめたいことではないが、知らないものは答えられないので、この話題を煙《けむ》に巻くべく、俺は先程の仕事の話を切り出す。

「えー……？　本当にお預けなんですか？　秘密にされると気になりますね……まぁいいです。お仕事を手伝ってもらう立場ですし、これ以上の野暮《やぼ》な詮索《せんさく》はやめておきます」

多少、後ろ髪を引かれながらも、渋々といった様子で引き下がった灯華は、「じゃ、本題に入りましょうか」とおもむろに椅子から立ち上がり――

「えっと、じゃあ、まずはコレを見てほしいんですけど……」

そう言って、仕事用の机から持ってきたノートパソコンをソファ前のテーブルに設置する。

そして、それを開いた瞬間。

「よっと！」

彼女はスカートの裾《すそ》から取り出したロープを華麗に操り、一瞬にして凛音を縛り上げた。

……え？

「灯華、いったいなにを――ぐあっ！」

そのあまりの早業《はやわざ》とあまりにも唐突で不可解な行動により、思考が一瞬ショートした隙《すき》を衝《つ》かれ、俺は灯華に蹴り飛ばされた。

受け身も取れずに床を転がり、視界が二転三転し、やがて背中が事務所の壁に激突したことにより――どうにか、形としては停止した。

なんだ、いったい、何が……。

「ゲホッ、ゲホッ……！」

「あら、さすがに一発ＫＯは無理ですか。一応、直撃だったんですけどね」

どうにか状況を整理しようとするも、身体を強打して呼吸もままならない状態では、それも叶《かな》わない。

先制攻撃を受けた以上、残念ながら味方ではなさそうだが……。

今のところ確かなのは、ＪＫに回し蹴りを浴びせられたということだけである。

「どういうことだ、灯華……」

「見ての通りですよ。眷属さんは今、攻撃されているんです」

「さっきまで仲良く談笑してたとは思えないな。いった……」

壁に手をついてなんとか立ち上がってみるも、キックを受けた左の上半身がかなり痛む。

本当に女子の蹴りか、これ。

「……どうして俺たちを攻撃する？」

「そんなの、早見さんを殺した裏切り者を捕らえるために決まってるじゃないですか」

「それだとまるで、俺たちが早見を殺したように聞こえるが」

「そう言ったんです。まぁ、面倒なのでこれ以上はノーコメントで」

「…………」

やはり状況が理解できない。彼女が早見を殺した犯人で、次の標的として俺たちを狙っているのならまだ辻褄《つじつま》は合うが、いま話した感じだと、お互いに同じ目的で動いているように思えてしまう。

そのあたりのことを相談すべく凛音の方に視線をスライドさせると、ちょうど彼女と目が合った。

その勝ち誇ったような瞳からは「ほらね？」とか「言わんこっちゃない」とか、そういった類の感情が読み取れる。

向こうが正しかったのは事実だが、そこまでドヤ顔されるとなんか腹立つな。

「私の言うことを聞かなかった罰として、ここはアンタ一人で戦いなさい」

「いや待て。その前にまず、灯華とちゃんと話し合ってみないと」

「無駄だと思うわよ。衣坂、アンタ私たちと話す気ある？」

「ありません。なにか言い分があるなら、『シャンゼリゼ』本社へ連行されてからどうぞ」

「ほらね。このまま抵抗しなかったら私たち、普通に捕まっちゃうわよ？」

「…………」

交渉の余地はナシ、と。

向こうが臨戦態勢を取っている以上、戦うしかないか。

ひとまず灯華を無力化して、それから詳しく話を訊く——よし、それでいこう。

「悪いがおとなしくしてもらうぞ！」

「できるもんならどうぞ！」

俺はダッシュで距離を詰めて灯華に近づく。

こちらに飛び道具はないのでインファイト一択だ。

まずは初撃として――大振りの左フック。

「当たりませんよ、そんなの！」

後ろにステップして躱《かわ》されたが問題ない。元より当てるつもりはないのだから。

こちらの狙いは、灯華を逃げ場のない壁際《かべぎわ》まで追いやり純粋な力勝負に持ち込むこと。

これは格闘技なら性別も階級もまったく違うマッチアップだ。スピードはともかく、パワーならまず負けるはずがない。

重要なのはそれを悟られないこと。

そのためには、常に相手の気を逸らし続ける必要がある。

「なぁ、ちょっと質問があるんだけどいいか！　なんで――」

「戦いの最中に雑談なんて余裕ありますね！　女の子だからって舐《な》めてます？」

「いいから答えろ！　なんで凛音の方を先に狙った？」

「決まってます。警戒している方から無力化するのが戦いのセオリーでしょう！」

「俺の脅威度はJC以下かよ！」

「凛音さんは『シャンゼリゼ』の〈ナンバー4〉ですからね！　どんな【究明証】を持ってい

るのか分かりませんし、不意打ちするのが一番かな、と！」

「俺を後回しにしたこと、後悔するぞ！」

「させてみてください！　ほらほら！　まだ一発も当たってないですよー！」

灯華はやはり俺が大したことないと判断したらしく、余裕そうに攻撃を避け続けている。

その気になればいつでも反撃できると思っているのだろうが、そうはいかないぞ。

もう、あと二、三歩で壁に背中がつく。

そこで分からせてやるよ！

「くらえ！」

「当たりませんってば。さーて、それじゃあそろそろ終わらせ――あいたっ」

そこでようやく。

灯華は事務所の壁に背中をぶつけた。

「あれ、ウチの事務所ってこんなに狭いんでしたっけ……」

「ふっ、これでもう避けられないぞ」

「えっと、あの……仕切り直しません？　今度はお互いに【究明証】も使ったりして、熱い頭脳バトルを繰り広げましょうよ、ね？」

「断る。さぁ、俺の壁ドンをくらえ」

「わぁ、眷属さんみたいなイケメンに迫られたら好きになっちゃいそうです――けど、今回は遠慮しておきますね。潜《もぐ》っちゃえ、【泥棒猫】」

と。

灯華を拘束しようと手を伸ばし、俺がその体に触れようとした寸前で。

スルリ――と。

彼女は背後の壁の中に消え去った。

「……っ!?」

か、壁を貫通した？　いや、消えた、沈んだ？　もしくは――

俺が目の前の光景に考えを巡らせようとした刹那《せつな》。

「終わりです！」

再び、灯華が壁の向こうから姿を現した。

姿勢を低くして突っ込んできた彼女は、見事な足払いで俺を転倒させる。

そして。

ガシャン、ガシャン、と。

俺の両手両足に手錠をかけた。

「勝負アリですね。……ん、そんなに驚いた顔をしなくてもいいじゃないですか。せっかくのビジュが台無しですよ？」

「……これがお前の能力か」

「はい。なにやら壁際で戦いたそうだったので、誘いに乗ってあげました」

「狙いを逆手に取られたわけか……」

あー、普通に負けてしまった。我ながら情けな。

手錠のせいで起き上がれないので、床の冷たさを感じながら灯華を見上げる。

すると何故か、彼女のブラウスのボタンは上からいくつか開いており、そこから胸元が見えていた。

なんでこの一瞬で露出が増えて――ああそうか、そこにも手錠を仕込んでたのか。

ずっとポケットから見えていた手錠の他に、もう一つ、隠し持っていたらしい。

「ふっふっふ、『シャンゼリゼ』の〈ナンバー4〉ということでかーなり警戒していましたが、あっさり終わっちゃいましたね、凛音さん」

灯華は誇らしげな口調で勝利宣言をし、ソファの方へ振り返る。

「…………………」

ロープでグルグルに縛られたまま、ソファの上でおとなしく観戦していた少女は。

……というか俺のご主人様は、不機嫌そうに口を開く。

「はいはい、今回はアンタの勝ち。私の眷属が死ぬほど油断していたとはいえ、こうも見事に制圧するなんて――なかなかやるじゃない」

「む、褒められるとは意外でした。ですが『今回は』とは？　決着はつきました。凛音さんたちに二度目はないですよ？」

「かもね。だけど一応お礼を言っておくわ。尻尾を出してくれてありがと」

――飛び去りなさい、【魔　女《チェツクメイト・ウィッチ》】。

そう言って、玖条凛音は気だるげに、まるでまばたきの延長のように――

その青色の瞳を閉じて、ウィンクをした。

↑

気がつくと――先程キックで降ろされたはずのソファにまた座っていた。

室内に灯華が不在で缶コーヒーもないということは、ちょうど彼女が自販機に行っている時間帯に戻ってきたらしい。

隣では、凛音が呆れたような表情でこちらを見ている。

「ね、わかった?」

「……軽率でした」

「ちゃんと忠告したのに、まったく」

「まさか一人目といきなり戦闘になるとは思わなくて……なんか、すごい優しそうな感じだったし」

「人を見た目と性格で判断しないの」

「じゃあ何で判断すれば……!?」

「さぁね。まあでも良かったわ。一発目から見事に当たりを引いたわけだし、結果的に手掛かりを探す手間が省《はぶ》けた。次も負けたら許さないいんだから」

「また戦うのか」

「当たり前でしょ。自分の眷属が負けて気分のいい主《あるじ》なんかいないわ。勝つまでやるわよ」

まるでゲームの話をしているみたいに、凛音は淡々とそう言いながらコートを脱ぐ。

下の格好は、胸元にリボンをあしらった格調高い漆黒《しっこく》のノースリーブ姿。

キラキラと光を反射する銀髪と、華奢《きゃしゃ》な腕、それからスカートとニーハイソックスの間から覗《のぞ》く白い脚以外、靴まで真っ黒。

徹底されたワントーンコーデだった。

「暑い。何度も同じ動作をするのは面倒だからひとまず着たままだったけど、さすがに暑いから脱ぐわ。もう、ここより前には戻さないから」

「時間を戻したところで勝てんのかな……なんか壁をすり抜けてたんだけど」

「相手の【究明証】が割れているのは大きなアドバンテージよ。見れてよかったじゃない」

「それはそうだけどさ……」

あんなバトル漫画じみた特殊能力持ちの相手に対して、素手じゃ勝ち目が……。

あ、いや。待てよ。

「そうだ、俺の【究明証】は？　そういや俺も『シャンゼリゼ』の探偵なんだった。それも〈ナンバー2〉の」

すぐさまポケットから自分の名刺を取り出して確認する。

――早見諫早【楽園】――

「これがあれば勝てるんじゃないか。ナンバーの序列的には」

「けどそれ、どうやって使うの？」

「え？　どういう意味？」

「だから、その【究明証】はどういう能力で、どういうふうに発動するの？」

「……覚えてないな」

「じゃあダメね。【楽園】のフルネームを知っているのは早見本人だけだし」

「フルネーム……？」

「あぁ、えっと、【究明証】の本当の名前と、その能力の全貌のこと」

「ふぅん」

「ここ、メモしときなさい。テストに出るから」

「どの教科で……!?」

いや、ていうか。

「【究明証】は究明機構が能力の管理のために用意したものなんだろ？　それをなんで本人だけしか知らないんだ？」

「早見はかなり特殊な事例ね。どんな力か知らないけど、【楽園】のフルネームは機密保持のために、究明機構のデータベースには登録されていないらしいの」

「え……じゃあ詰んでない？　それって」

「あは、唯一《ゆいいつ》知っている人間が記憶喪失だもんね」

「笑いごとじゃないだろ。どうすんだよ」

「決まってるでしょ。【楽園】ナシでねじ伏せなさい」

「……厳しい命令だな」

けどまぁ、結局それしかないか。

灯華の足音がドアの向こうから近づいてきたので、ここで会話は終了。

「はーい、お待たせしましたー。二種類買ってきたんでお好きな方をどうぞー」

「ああ、ありがとう」

灯華から累計二本目となる缶コーヒーを受け取り、再び飲む。

そこから先程と同じ雑談を繰り返し、次第に缶コーヒーが減ってきた頃――

「えー……？　本当にお預けなんですか？　秘密にされると気になりますね……まぁいいです。お仕事を手伝ってもらう立場ですし、これ以上の野暮な詮索はやめておきます。それじゃ本題に入りましょうか」

と、例によって灯華は俺の年齢に関する話題を諦《あきら》め、何食わぬ顔で仕事の話へと移った。きたな、今度はしくじれないぞ。

「えっと、じゃあ、まずはコレを見てほしいんですけど……」

前回同様、灯華はこちらの注意を引くためのノートパソコンをテーブルに置く。

そして、それを開いた瞬間。

「よっと！」

「させるかよ！」

彼女がスカートの裾からロープを取り出すのと同じタイミングで、俺は灯華を取り押さえるべく手を伸ばした。

が。

「甘いです！」

灯華は足元のテーブルを蹴り上げ宙に浮かせ、それを衝立《ついたて》のようにして俺との間を遮《さえぎ》った。

マズい、これでは相手の姿が見えな――

「とう！」

「ぐはっ！」

テーブルの底面部分からすり抜けた彼女のキックが腹部にクリーンヒットしたことにより、俺は先程と同じように床を転がる。

そうか、壁をすり抜けられるならテーブルだって同じ理屈か。

にしても、なんて反射神経だ……。

向こうが端《はな》からこっちを警戒している以上、不意打ちの成功率が低いことは分かっていたが、こうも見事にカウンターをくらうとは。

「……うわ」

素早く体勢を立て直して灯華の方へ目を向けると、すでに彼女は凛音を縛り終えており、その足元では、空中から落下したテーブルが、ズズズ――と床に沈み込んでいた。

あまりにも非現実的な光景で脳がバグりそうだ。

「ありゃ、お気に入りの家具だったんですけどね。また買わなきゃ」

なんて、完全に床の下へ消え去ったテーブルを惜しむ灯華。その周囲には、テーブルが消失したことで行き場を失ったノートパソコンと缶コーヒー数本が散乱している。

……なるほど、な。彼女自身が物をすり抜けるというより、彼女が【泥棒猫】を使用した箇所や物が「物体を透過する」状態になる、と考えた方が正しそうだ。

「私の先制攻撃に反応するということは、やはりお二人が裏切り者で間違いないですね」

「違う。いきなり攻撃されたら誰だって抵抗するだろ」

まぁ約一名、面倒がってまた無抵抗で緊縛されてる奴もいるけど。

「んー。それにしては眷属さん、あまり動揺してないですよね。まるで私が仕掛けてくることが分かっていたみたいに落ち着いてますし」

「それは――」

「いいです、いいです。詳しいお話は手錠をかけた後で訊きますので！」

言って、灯華はこちらに向けて突っ込んでくる。

さて。

丸腰である俺が彼女に勝利するためには、【泥棒猫】の能力を解明することが必要不可欠。

俺の身体を透過させて攻撃を避けたり、テーブルのように床下へ沈めたりしないということは、【泥棒猫】は生物には使えないらしい。

現状で分かっていることといえばそれくらいか。

近接戦闘、開始。

俺はすぐ後ろに壁を背負った状態で、灯華の繰り出す打撃をいなしながら隙を窺《うかが》う。

彼女はまず打点の高いハイキックから入り、続けて、ポケットから引き抜いた手錠を武器代わりに、さながらヌンチャクのように振り回して連撃を繰り出す。

この目にも留まらないようなスピードについていけているところから察するに――どうやら俺の身体はかなり戦闘慣れしているようだ。

しかしまぁ、現状は避けるだけで精一杯。この肉体を扱う俺自身の戦闘スキルが初期化されている以上、こちらから拘束しようとするもうまく決まらない。

「そんなんじゃ捕まえられないですよ！」

灯華は身を翻《ひるがえ》して俺の反撃を回避すると、そのままジャンプで俺を飛び越し、またしても壁の向こうへと消えた。

いいぞ、これはチャンスかも。

この状況は前回と非常によく似ている。おそらく灯華は勝負を決めるため、また同じような形で奇襲してくるはず。

ならばそこを衝くのみ。

「――これで終わりです！」

「お前がな！」

「っ！」

狙い通り！

壁から姿勢を低くして飛び出してきた灯華の足払いをバックステップで躱す。

そしてそのまま、無防備となった灯華を押さえ込もうと手を伸ばした。

しかし。

「ほっ！」

あろうことか、灯華は両手を使って跳ねるように身体を起こしたかと思うと、そのまま横方向へ飛び退《の》いた。

あの状態からまだ動けるとは、文字通り猫みたいな身体能力だな……！

「危ない、危ない……眷属さん、なかなかやるじゃないですか。正直舐めてました。こうなるともう出し惜しみはしない方がいいですね――全力で仕留めさせてもらいます！」

全力。あるいはフルパワー。

その言葉が究明機構の探偵にとって、どういう意味を持つのか。

一般的に探偵の本気といえば、「トリックを解く」や「犯人を見つける」など、そういうイメージに引っ張られてしまうが、俺は今日、その認識を改めることになる。

いくら物体を透過させるといっても、俺の想定する範囲では精々、近接戦がトリッキーになるだけで、最終的に、手錠による拘束さえ警戒していればそれなりに渡り合えるだろうと考えていた——のだが。

「ここから先、命の保障はできませんので！　さ、落下物ありのデスマッチといきましょうか！」

両手で身体を起こした勢いのまま床を踏み切って飛び上がった衣坂灯華が、壁を蹴ってさらに跳躍し、天井に触れ——

「潜っちゃえ！　【泥棒猫】！」

そう叫んだ瞬間。

ズズッ——と。

「嘘、マジで……!?」

まるで天井が消えたみたいに。

上からとんでもない数の物体が一気に降ってきた。

冷蔵庫に洗濯機にソファにテーブル。

ただ下敷きになるだけでも大事《おおごと》になる重量の家財道具に、数メートルの落下による慣性まで加わっているとなると——潰《つぶ》された後のことは考えたくない。背筋が凍る。

天井——もしくは上階の床をすり抜けさせたのか。

「危なっ……！」

俺は真上に見えた冷蔵庫の落下地点から脱出すべく、部屋の中心側へ倒れ込むようにして逃げる。

落ちてきた冷蔵庫は派手な音を立てて、ほんの一秒前まで俺が立っていた床を抉《えぐ》った。

うわ、やっば……！

そして一難去ってまた一難。実質的に天井が抜けている以上、逃げおおせた場所も安全であるはずはなく、今度はダイニングテーブルとその椅子数脚が俺を目がけて降り注いでくる。

……効果範囲が広いからだろうか。

どうやら天井の透過は完全に同時ではないらしく、灯華が触れた場所を起点に、遠ざかるほど物が落ちてくるタイミングが僅かに遅くなっている。

しかしそのせいで対処しなければならない落下物が次々と追加されるため、気づいたところでこちらにとってはなんのメリットにもなっていない。

いや……そうか。既に物が落ちてきた場所にはもう何も降ってこないわけだから、冷蔵庫側へ逃げれば——

「ほらほら眷属さん、上ばっかり見てちゃダメですよ！」

「っ!?」

冷蔵庫の方へ足を踏み出そうとした瞬間、灯華の手錠が鼻先を掠《かす》めたことで、俺は逃げ先を失いさらに部屋の中心へ追いやられる。

まさか着地してすぐさま、落ちてくる家具の間を縫って突撃してくるとは……！

「お前な、こんなことしたら、ここで俺に勝っても上の住人からクレーム来るぞ！」

「ご心配なく！　二階は私の部屋なので！」

「あー……つまり、どこから何が降ってくるかは把握していると……！」

だからこうも大胆に突っ込んでこれるのか。

マズいな。この状態で灯華まで捌《さば》く余裕はないぞ。上階の物が全て落ちきるまではほんの数秒だろうが、その数秒を凌《しの》げそうにない。

「眷属さん、もうそろそろ逃げるのも限界じゃないですか！」

「………………！」

一瞬だけ視線を上に向けて状況を確認する。

俺の直上に見えるのはベッドの底。一歩後ろには衣服を収納しておくような大きめの白い棚。

状況が絶望的すぎてつい、この辺りが寝室か……なんて呑気《のんき》な感想を抱きたくなる。

ベッドの横幅は非常に広く――逃げ道はもう前方にしかない。

「……くっ！」

咄嗟《とっさ》に。

どうにか灯華の追撃を牽制《けんせい》しようと、床に転がっていた未開封の缶コーヒー二本を拾って投げつける。

「苦し紛《まぎ》れですね！」

しかし案《あん》の定《じょう》、灯華は一切攻めの姿勢を緩めることなく、飛来してきた一本目の缶コーヒーを右手で触れて身体を貫通させると、もう片方を左手に持っていた手錠で弾《はじ》いてガードした。

……ん？

二つともすり抜けて避ければいいのに、なぜ、わざわざガードを……。

と、それが少し引っかかったものの。

「はい、これでおしまいです！」

放たれた灯華の蹴りを両手で防御し、吹き飛ばされないように踏ん張ったところで――

タイムアップ。

彼女の妨害により落下地点からの離脱は間に合わず――俺はベッドに押し潰された。

「がっ……ぁ……！」

一気にとんでもない重量が伸しかかり、強制的に床へ仰向けで倒れる形となった全身からはミシミシと嫌な音が鳴る。

し、死ぬ死ぬ死ぬ……。

もう、身動き一つとれない。台座と床との間に隙間がないタイプのベッドなので、オーバキルにも程があるだろうといった感じだ。

「んん、ちょっとやりすぎちゃいましたかね。攪乱《かくらん》して、手錠をかける隙さえ生まれればそれでよかったんですけど、眷属さんが思いのほか粘るから……大丈夫ですか？」

「…………」

まさかベッドを落としてきた張本人に心配されるとは思わなかった。

まぁ、それくらい大変なことになってるんだろうな……骨もそこそこ折れてそうだし。

「――ねぇ」

と、そこで。

さっきまでの物音が嘘のように静まり返った部屋の中で――凛音が呼びかけてくる。

「眷属、生きてる？」

「……なんとか。お前は無事なのか」

「ええ、私の所は可愛いクッションがいくつか落ちてきただけ」

「そうか……」

ならまぁ、良かった。

「私が死んだら戻れないものね」

「そうじゃない。普通に心配してるだけだ」

「あらそう。優しいのね」

「そう思うなら早めに戻してくれるか。全身痛いし、圧迫されて……喋《しゃべ》るのもキツい」

「どのあたりに戻してほしい？」

「俺がベッドに潰される直前まで」

「そんなギリギリで巻き返せるの？」

「少し確かめたいことができた。頼むわ」

「ふうん。まぁいいけど。じゃ、飛び去りなさい、【魔女《チエツクメイト・ウイツチ》】」

ここからでは確認できないが――おそらく。

パチンと、玖条凛音は可憐《かれん》にウィンクをしたと思う。

←

「ご心配なく！　二階は私の部屋なので！」

視界が一瞬で切り替わると、目の間には灯華の姿が。

どうやら無事に、彼女に追い詰められている真っ最中に戻ってこれたようだ。

頭上からはベッドが迫っており、このままではまたしても圧《お》し潰されてしまう。

まぁ、今回はそれでいい。

こちらに迫ってくる灯華に対し、今回、俺は缶コーヒーを投げつけずに応戦する。

その結果。

元々、缶コーヒーは彼女への牽制として機能していなかったため、先程と同じ形で足止めをくらってしまい、再び、俺はベッドの下敷きになった。

「ぐっ……う……！」

いった……これは一回目より、分かってて受ける二回目の方が怖いわ。

とはいえ検証のためだ。仕方ない。

床に伏せた状態で周囲の状況を確認すると——ゴトン、ガラガラ、ガシャン、と部屋の中では依然《いぜん》として家具の落下音が響き渡っていた。

さっきはこの時点で静かになっていたはずなのに。

ということは……。

つまり、前回は俺が制圧された時点で既に、天井の透過が解除されていたことにな——

「……眷属？　大丈夫？」

ベッドの下で考えを巡らせていると。

凛音が不安そうな声音で問いかけてきた。珍しい。

「どうしても勝てないようなら、最初からやり直した方がいいんじゃないの？」

「大丈夫だ。無意味にやられたわけじゃない」

これで一応、知りたかった情報は集まった。

あまり何度も情けない敗北シーンを見せたくないし、そろそろ勝負を決めるとしよう。

「灯華が天井にタッチしたところまで、もう一回だけ頼めるか。次は勝つ」

「いいでしょう、期待してるわ」

「あの……」

お二人とも、なんの話をされてるんですか？　という灯華の質問を遮るようにして。

【魔女】は時を戻したのだった。

「潜っちゃえ！　【泥棒猫】！」

灯華が天井に触れると、三度《みたび》、上階から様々な家具が降ってきた。

何回見ても慣れないなぁ、この光景。

そんなことを思いながら、俺はまず冷蔵庫を避け、それから——

「ほらほら眷属さん、上ばっかり見てちゃダメですよ！」

天井からの落下物と、それを完璧に把握している灯華のコンビネーションに押され、順当に窮地《きゅうち》へと追いやられていく。

いいぞ。これでいい。

何度か遡行《そこう》を繰り返したことで——ようやく勝機が見えてきた。

灯華の能力を体験してからずっと気掛かりだったのは、その「解除方法」である。

現時点での情報を元に推測すると、【泥棒猫】を使用するためには対象に接触する必要があるとみていいだろう。

わざわざ天井に触れていたり、缶コーヒーも直接手で触った方だけがすり抜けていたことから、これに関しては確定。

だが、そうなると一つの疑問が生じる。

【泥棒猫】を発動するため対象へ「触れる」必要があるなら、解除する際も同様の手順を踏まなければならないはず。しかし、一度他の物をすり抜けるようになった物体にはもう二度と「触れる」ことができないのでは？

実際、それでテーブルは床下に沈んでしまったわけで。

ただ、どうやら解除ができないということではないらしい。一度目、俺がベッドに押し潰された際、天井からは物が落ちてこなくなっており、部屋は静かになっていた。

俺が制圧されても変わらず家具が降っていた二度目との違いは、灯華が缶コーヒーをすり抜けたかどうかだけである。

天井の透過がキャンセルされたのは、彼女が缶コーヒーに【泥棒猫】を使用した直後。

「お前な、こんなことしたら、ここで俺に勝っても上の住人からクレーム来るぞ！」

「ご心配なく！　二階は私の部屋なので！」

まさに今現在、ここから数秒後の出来事だ。

俺は一度自分が言った言葉をまた淡々と口にしながら、さりげなく、床に落ちていた缶コーヒーを背後に向けて蹴り払いつつ――後ろに退《さ》がる。

これまでと同じ展開になるように、できるだけ同じ動きを再現しながら、やがてベッドの落下予測地点へとたどり着いた。

「眷属さん、もうそろそろ逃げるのも限界じゃないですか！」

圧倒的な身体能力を有する彼女は少し体勢を崩した程度では無力化できない。勝つための最低条件として、一瞬だけでもいいので完全に動きを停止させる必要がある。

が、ここは彼女のホームグラウンド。事務所のある一階はおろか、二階の家具すらも管理下にある以上、地の利は完全に相手方。

そんな状況で勝機を見出《みいだ》すとすれば、それはもう「地形を完璧に把握している」という向こうの優位性を逆に利用するしかない。

ここまでは灯華のシナリオ通り。あとは俺を足止めしてベッドでズドン。

そう──彼女は思っているのだろうが。

こちとら何度もコンテニューしている身だ。

灯華が仕掛けてくるタイミングは身体が覚えている。

彼女がキックのために足を踏み込む位置も──当然覚えている。

だから、今回はそのポイントにあらかじめ缶コーヒーを蹴って転がしておいた。

本来、そこにそんなものが落ちているはずはないのだから──

「はい、これでおしま──いっ!?」

体重を乗せようとした軸足《じくあし》がツルンと滑り、灯華はバランスを崩し転倒する。

椅子やテーブルに足の指をぶつけてしまうのは、案外、初めて行く外出先より住み慣れているはずの自宅であることが多い。

よく知っている場所だからこそ──人はいちいち足元を見たりしなくなる。

もちろん、転ばせたくらいで彼女を無力化することはできない。下手《へた》に近寄ろうものなら、手を支えにして足刀蹴《そくとうげ》りくらいはやってのけるだろう。

しかしバランスを崩したことにより、灯華を一歩分だけ前へ――ベッドの落下地点まで誘導することはできた。

彼女の頭上にベッドが迫ろうとしている中――詰めの一手として。

足元に転がってきた缶コーヒーを拾い、灯華に向けてフワッと優しく放り投げる。

これはあくまで仮定だが。

おそらく、【泥棒猫】の効果が及ぶのは、常に一箇所だけ。

新たに能力を使った場合、それまで透過させていた方は解除される可能性がある。

最初、同時に飛んできた缶コーヒーをわざわざ片方だけガードしたのは、おそらくそれが理由だろう。一つ目が身体を抜けきる前に他の物へ能力を使用してしまうと、体内に異物が残ってしまうから。

まぁ、そのあたりのことは全て、これからハッキリする。

「わ、やばやばやば……【泥棒猫――】」

背に腹は代えられない、ということだろう。

灯華は尻もちをついた状態のまま手を上にかざしてベッドをすり抜けさせようとした。

だが。

その指先に、俺が放物線を描くように投げておいた缶コーヒーが触れる。

「なっ……!?」

【泥棒猫】の能力を受けた缶コーヒーは、そのまま灯華の手元から腕へと、彼女の身体をすり抜けながら落ちていく。

「うそ、あ、う………ひぃっ!」

ギブアップ。

もう自力では逃げられない。だが缶コーヒーが身体から抜けきるまでは【泥棒猫】を使用することも叶わない。

回避を諦めた灯華は、少しでもダメージを軽減しようと——あるいは単純に恐怖から、その顔を手で覆《おお》ってうずくまった。

——よし。

これでようやく、その動きを止めることができた。

しかしもちろん、このまま彼女をベッドの下敷きにしてノックアウト、なんて物騒な結末にするつもりはない。

「一回目で間に合えよ!」

俺は思いっきり床を蹴りつけて加速し——灯華を抱きかかえてスライディングの要領でベッドの台座スレスレを滑り抜ける。

その直後、背後ではベッドが無人の床へ衝突した音が響き、それ以降、天井からの落下物は降ってこなくなった。

めちゃくちゃ危なかった……こんなことを何度も繰り返さずに済んでなにより。

「……えっと」

恐る恐る目を開けた灯華はまだ状況を飲み込めておらず、俺の腕の中で、ただ呆然とこちらを見つめる。

「た、助けて、くれたんですか……？」

「そう見えるか」

「眷属さんは私を倒すためにああやって追い込んだんでしょう？　なのに、なんで……」

「倒すためじゃない。捕まえるためだ」

打撃を当てるつもりならもっと早くに決着はついていた。

ただあいにく、俺には女の子を傷つける趣味はない。

だから灯華が無傷で済む方法を模索《もさく》していた、それだけの話だ。

「どうして、敵である私に配慮を……？」

「敵かどうかはまだわからないさ。ひとまず落ち着いて話をしよう」

さてと。

無事に戦いが終わったのでご主人様を解放してやりたいところだが……いま、灯華を自由にさせて大丈夫かな。

「まだダメよ。拘束。一応拘束しておきなさい」

「了解」

ソファの上から凛音の指示を受けたのでそれに従う。

まぁ、放した瞬間にまた逃げられでもしたら、今度はもう二度と捕まえられない可能性があるからな。

「悪いが、話し合いが済むまで拘束させてもらう。凛音に使ったロープってまだ持ってる？」

「ないです。スカートにはあの一本しか仕込んでません」

「じゃあ手錠を借りていいか？　手に持ってたコレと……あともう一本」

「答えはノーです」

「まぁ、自分が捕まるのに『はい、いいですよ』とは言わないよな」

「それも当然ありますけど、二本目の手錠はちょっと隠し場所が特殊っていうか……」

灯華は顔を紅潮させ、気まずそうに言う。

ああ、なるほど。

理解した——したが。

「眷属ぅ、早くほどいて」

「待て、ちょっと問題発生中だ」

「私の血流が止まって死んじゃったらどうすんの。覚悟を決めなさい。この際、多少のセクハラには目を瞑《つぶ》ります」

「わかったよ……」

結局、このまま凛音を縛ったままにしておくわけにも、ずっと俺が灯華を捕まえたまま話し合うわけにもいかないわけで。

よって。

「悪いが強引に借りさせてもらう。恨むなよ」

と、俺は灯華の胸元に手を突っ込んだ。

「あっ！　ちょ、どこ触ってるんですか……!?」

「できるだけ触れないようにするからおとなしくしてろ」

「ダメです、やめっ、あ、んっ……」

「変な声出すな」

「眷属さんの手つきがやらしいからです！」

「やらしくない。……ん、これか」

俺の指は、ＪＫのブラウスの中にふさわしくないであろう冷たい金属製の物体を探り当てた。

それを引き抜いて、灯華の両手と両足にかける。

ミッションコンプリート。実に健全な幕引きだった。

たとえ途中、多少なりとも俺の指先に柔らかい感触があったとしても。

「け、眷属さん、これはセクハラじゃなくて犯罪ですよ……」

「最初に襲いかかってきたのはお前だ。だからこれは正当防衛にあたる」

言いつつ、俺は灯華をお姫様抱っこで持ち上げる。

床に転がしておくわけにもいかないので、一旦ソファまで運んでしまおう。

「いいですよ別に。敗者には惨《みじ》めな床がお似合いですから」

「そういうわけにもいかないだろ。……よいしょ」

二部屋分の家具がワンフロアに集まったことでゴチャついている室内を進み、どうにか灯華をソファに降ろした後、今度は隣の凛音を解放すべくロープに手をかける。

ほう、あの一瞬でよくここまで頑丈に縛ったな。

素直に感心しながらロープを解く俺だった。

「はい、ほどけたぞ」

「ありがと、素晴らしい勝利だったわ。ああやって真面目に戦ってるところを見ると、やっぱ本人感があるっていうか」

「よく分かんないけど、お前に褒められるとなんか違和感あるわ」

「なによ、人がせっかく賞賛してあげてるのに」

凛音は拗《す》ねた口調でそう言いつつ、自身の二の腕にロープの痕《あと》がついていないかを入念に確認し、それからゆっくりと灯華へ向き直った。

「衣坂、アンタにいくつか訊きたいことがあるの」

「尋問《じんもん》ですか」

「そんなとこね。命が惜しけりゃ正直に答えなさい」

じゃ、まず一つ目、と人差し指を立てて質問を始める。

「アンタが私たちを狙った目的を教えて」

「そんなの決まってます。裏切り者を捕らえるためです」

「さっきもそんなこと言ってたわね。悪あがきせず正直に話してくれないかしら？」

「話してます。私は、早見さんを殺した裏切り者を確保するために動いていたんです」

「奇遇ね、私たちもそうよ」

灯華の言葉を聞き流し、適当に相槌を打つ凛音。

彼女は灯華の両頬を摘《つま》み、ぐにーっと引き延ばす。

「通るはずないでしょ、そんな言い訳〜」

「いたいれふ。やめてくらふぁい！」

「なに？　時間を稼いだらまだ打つ手があるの？　体中に道具を仕込んでるみたいだし、刃物とか持ってたりする？」

「持ってないれふ」

「また眷属にボディチェックさせましょうか？」

「もうどこにも何もないれふよ」

「ん、そうかしら？　例えば——」

言いつつ——凛音の視線が徐々に下がる。

「パンツの中、とか」

「凛音さんないですマジで。勘弁してください」

灯華は首を振って凛音の指を払い、真面目な顔で懇願《こんがん》する。

流石にそこは超えちゃいけないラインだろう。

「凛音、話を戻せ」

「コイツがしらばっくれるからでしょ？」

「しらばっくれてないです。ちゃんと答えてますってば！」

「じゃあ質問を変えましょう。私たちが裏切り者であると、衣坂がそう考えている一番の根拠を挙げなさい」

「命令を受けたんです。『早見諫早を殺害した容疑者として、玖条凛音を確保せよ』と」

え……凛音が早見を？　まぁ、そりゃ殺せるまでやり直せば殺害自体は可能だろうが、そもそも殺す理由がないだろうに——いや、うーん、俺に対する当たりの強さを考えるとないとは言いきれないのか。

「ないに決まってるでしょ」

「勝手に心を読むな」

「衣坂、そんな訳の分からない命令を出したのは誰？」

「それは、えっと………誰でしたっけ？」

そこまで言いかけて、灯華は自《みずか》らの言葉に困惑したように首を傾《かし》げる。

「あれ……なんで覚えてないんだろう……」

「分からないわね。そこまで話したらもう、とぼける意味もないと思うんだけど」

「私もそう思います。けど、ちょっと本当に思い出せないっていうか……」

「だったら私たちを襲えるわけないでしょう？」

「それはそうですけど、なんていうか、その、凛音さんを確保する命令を受けていたのは確かです。でもそれを誰から伝えられたのかは分からなくて……！」

「………………」

灯華の言い分がただのその場凌《しの》ぎではないとすると、これはいわゆる「ド忘れ」に近い状況だが……。

その当惑した表情を見るに、そんな簡単な言葉で言い表せる状態でもなさそうに思える。

「都合が良すぎ。言い訳としてはゼロ点ね」

「本当なんですって！」

「もういいわ。あとは体に聞きましょう。眷属、パンツ脱がせて」

「断る」

「あらそう、なら私が――」

「いやー！　だったらいっそ殺してください！」

と、絶叫してジタバタ抵抗する灯華。

迫りくる【魔女】の拷問《ごうもん》から、命より必死にパンツを守ろうとしている。

なんだろう、この取り乱しようは、なんというか……。

「……なぁ、もしかして本当に知らないんじゃないか？　嘘をついてる人間の焦《あせ》り方じゃないぞ」

「それ本気で言ってる？」

「究明機構にはいろんな探偵がいるんだろ。可能性がないわけじゃないはずだ」

「例えば？」

「誰から命令を受けたのかを『忘れている』――とか」

「……ふむ」

　それを聞いて凛音は、灯華のパンツに引っかけようとしていた指を止める。

　スカートが捲れているので、目を逸らしながらの意見となった。

「どうだろうか」

「まぁ、ありえなくはないわね。どっかの誰かさんみたいに、そこの大切な部分が抜けてるってわけ」

「ああ。犯人は灯華に凛音の誤情報を流した後、正体がバレないよう灯華の記憶から自分の存在だけを消した。もしくは、人を好き放題に操れる能力を持っている。推測するとしたらそんなところだな」

「あの……さっきから何の話をされているんですか？　なぜ犯人を捜しているような会話を？　早見さんを殺したのはお二人では？」

「殺すわけないでしょ。あんないい加減な人でも一応、お世話になった先輩なんだから。私たちは早見を殺した人間を追っているの。……ねぇ、衣坂」

　凛音はそこで声のトーンを一段下げ――その青い瞳で灯華と目を合わせる。

そしてそのまま、静かに問う。

「アンタ、本当に何も知らないの？」

「はい」

「それは、ただこの場を切り抜けるための嘘ではなく？」

「知らないです、本当に」

「じゃあ、これが最後の質問。衣坂は私たちのことを裏切り者だと、本気で、本当の本当に、そう思ってるのね？」

「――そうです」

なんの迷いもなく、力強く、灯華は頷いた。

その芯《しん》の通った返答を受けて、凛音はしばらく難しい顔をして黙った後――

「……いいわ、ひとまずアンタの言い分を信じてあげる」

そう、大きなため息をつきながら言った。

それなりに葛藤《かっとう》はあったようだが、ここまでの灯華の反応を見て、彼女なりに違和感は抱いていたのだろう。

割合、すんなりと飲み込んだようにも見える。

が、当の灯華本人は事情を知らないので、今がどういう状況なのかを把握できていない。

「え、あの、私が凛音さんを疑っていることを信じてもらえたとして、それで何がどうなるんですか？」

「簡単に説明すると、俺たちも灯華も『シャンゼリゼ』側の人間ってことだ。つまりお互いに味方で、同士討ちをしていたことになる」

「わ、私はそれを信じないといけないんですか？」

「そうしてもらわないと困るな」

「私いま、『シャンゼリゼ』のために裏切り者と思わしき人たちと戦ったら、負けて身動き取れなくなってるんですよ。それって怖くないですか？」

「大丈夫だ。信じろ、俺たちは敵じゃない」

「でもでも、眷属を従えている人なんて怪しすぎるでしょう!?　おまけにその眷属さんは女の子を手錠で拘束するし……」

「確かにまぁ、そこだけピックアップすると極悪人の所業だな」

「自分で言いますか……」

灯華は呆れたようにガックリとソファにうなだれ——天井を見上げる。

そしてそのまま、呟《つぶや》くように言った。

「いやまあ、いいですよ。私の言い分も受け入れてもらってますし、助けてもらった恩もあります。お二人が本気で私を排除するつもりなら、きっともう死んでるんでしょうし……ここは潔《いさぎよ》く、眷属さんたちを信じましょう」

「ありがとう、感謝する」

本来、彼女の立場からでは到底受け入れられないような申し出であるにもかかわらず、それでも、灯華はこちらの言葉を信じてくれた。

では改めて、衣坂灯華の置かれている状況を整理してみよう。それが分かれば手掛かりに繋がるかもしれない。

「なぁ灯華、これはあくまで推測だが、現状で考えられるパターンは二つ。お前は今『記憶を消されている』か『操られている』」

「え、でも私、操られてる感覚とかは特にありませんよ?」

「その感覚を知ってる人間が存在するのかどうか分かんないけど……まぁ、こうやって普通に受け答えもできてるし、なにせ肝心な情報を忘れてしまっているわけだから、可能性としては前者の方が高いと思う」

おそらく灯華も俺と同じケースだろう。

「ということは私、既に何者かの攻撃をくらっているんですか……?」

「そう考えるのが妥当《だとう》だが、なにか心当たりは?」

「うーん……まったくありません……」

「誰に言われたかも分からない命令に従うなんて、危機感はないのか?」

「アンタが言っても説得力ないけどね」

横から凛音が何か言っているが、いまは大事な話の最中だ。無視して進めよう。

「いくら仕事の連絡とはいえ、誰から頼まれたか分からないなら実行に移すのは躊躇《ちゅうちょ》しそうなもんだけどな」

「あ！　だったら怪しいのは身内ですよ！　私が命令に素直に従っているということは、私よりも上位ナンバーの方から受けた通達だと推測します！　私は末席なので、『1』から『6』までがその候補ですね。『1』は局長で、『2』は早見さん。『3』は――」

「待て待て。なんでそうなるんだ」

「だって、上司の命令には絶対服従。それが『シャンゼリゼ』のルールなので」

「嫌な組織だ……」

灯華の身体をすり抜けていった缶コーヒーくらいブラック。

いやいや、ていうか。

「仮に上司の言うことを絶対に聞く心構えがあったとしても、その人からの命令だってことを忘れてるんだから『やらなきゃ』っていう感情も湧かないと思うんだが」

自分のことを棚に上げておいてなんだけどさ。

なんて、灯華のスタンスについての疑問が拭《ぬぐ》えないでいる俺に対し――

「衣坂がそいつを元から信用していたり、早見を殺した人間を許せないと思う気持ちなんかがあれば、それは十分、行動原理になり得るわ」

と、凜音が神妙な顔つきで口を挟む。

「人間の記憶は曖昧《あいまい》なの。多少の抜け落ちがあっても、矛盾や齟齬《そご》を生じさせないよう、足りない部分は勝手に脳で補完されるようになってるのよ。例えば、宇宙に行ったことがなくても、宇宙で息ができないことは知ってるから、生身で宇宙船の外に出ようとは思わないでしょ？」

「それはまぁ当たり前だろう」

「でも眷属は、宇宙が真空だって誰から聞いたの？」

「誰って……」

アニメとかゲームとか映画とか？

「実際に宇宙へ行ったわけでもなければ、誰に言われたか、どこで知った情報かもあやふやなのに、人は絶対に宇宙で呼吸をしようとは思わない。理屈としては同じね」

「確かに一理あるかも……けど、それってこんな大事な話でも適用されるもんかな？」

「普通はノーでしょうね。ただ実際にこうして成立している以上、そこを考えても仕方ないわ。それこそ洗脳に近いような、よっぽど優れた話術で吹き込まれたか、衣坂がすんなり言葉を信じてしまうような深い関係性の人間だったか。考えられるとしたらそれくらいだけど——」

とはいえ、と言葉を続けながら凛音は灯華へ問いかける。

「アンタ、一応『シャンゼリゼ』の〈ナンバー7〉なんでしょ？　だったら、その辺の他人に分かりやすく隙を晒《さら》すような人間じゃないはずよ」

「褒められているのか貶《けな》されているのか分かりませんが、確かにそうですね。悪意を持った人間はこの目でバッチリ見抜けるはずです！」

「参考までに訊くけど、ウチの眷属はどう？」

「いい人だと思います！　カッコいいですし！」

「節穴ね」「いい目だ」

凛音と感想の言葉が被《かぶ》った。

それも正反対に。

「まぁいいわ。これからもその素敵なお目々で悪い奴をバンバン見つけるのよ」

「む、なんか適当にあしらってません？」

「適当にあしらってるわよ。訊くんじゃなかったって思って」

「凛音さんが訊いてきたんじゃないですか！」

「無駄な質問だったわ。時間が戻ればいいのにね」

言いつつ、遡行した際に脱いでいた漆黒のコートを羽織る凛音。

「もう行くのか？」

「ええ、もっと有意義な情報のために、もう一度『シャンゼリゼ』へ向かいましょう。じゃあね衣坂。コーヒーありがと、お邪魔したわ」

「あ、え？　いや、ちょっと待ってください！」

「なに？」

「私も行きますよ！　協力します！」

「……なんで？」

心の底から不思議そうに、凛音は聞き返す。

「なんでって、私、戦闘に負けちゃったんですよ？　私を凛音さんたちに差し向けた犯人がこのことを知ったら、捨て駒として始末されちゃうかもです！」

「大丈夫でしょ。だってそいつに繋がるような貴重な情報は持ってないわけだし」

「だ、だとしても！　私も早見さんを殺《あや》めた人を許せません！　絶対に捕まえたいです！」

「あっさりと敵の能力をくらっちゃうような探偵は必要ないわ」

「お願いします！　一度取った駒なんですから、責任をもって使ってくださいよー！」

「私、将棋よりチェスの方が好きなの」

「お、鬼ですこの人……『シャンゼリゼ』の【鬼】！」

「【魔女】よ」

「あの！　眷属さんからもなにかお言葉添えを！」

援護を求め、灯華は視線をこちらに向けてくる。

……うん。そんな涙目で頼み込まれると無下にはできないわ。

連れていくデメリットが特にあるわけでもないしな。

「いいじゃん。戦力は多い方がいいだろ。灯華がいてくれれば心強いと思うぞ」

「別にアンタだけでいいわ」

「ごめん灯華、ダメだったわ」

「諦めが早いです眷属さん！」

「眷属って呼び名でもう薄々分かってると思うけど、基本、俺に決定権はない」

「悲しいこと言わないでください！」

「衣坂。私ね、可愛い女を見るとムカつくのよ。だからアンタはダメ」

「え、じゃあ凛音さんって毎日、鏡を見るの大変じゃないですか？」

「……む」

そこでピクッと、彼女の銀色のツインテールが揺れた。

おお、珍しく意表を突かれたような顔をしてる。

やっぱ人間誰しも褒められると嬉しいのか。天然っていうのはこういう時に強いな。

「お、お世辞を言ってもダメよ。これは危険な仕事なんだから、衣坂は巻き込めないの」

「そんなこと言ってますけど、本当はただ眷属さんと二人きりでいたいだけじゃないですか？」

「……はぁ？」

凛音は眉間《みけん》にシワを寄せる。

訂正。天然は危ない。

おいおい……そんなことあるはずないだろうが。

もう試合終了だな。さて、俺も出発する用意しとくか。

「そ、そんなわけないでしょ。私は一人でいるのが一番好きなの！　眷属を連れているのは、えっと……仕事上の契約でそうなってるだけ！」

「でもでも、私、たとえお仕事とはいえ、凛音さんが誰かと一緒に行動しているところを見たことないですよ？」

「別に今回が初めてでもいいでしょ。それだけ大きな案件なのよ」

「そんなに気に入ったんですか？」

「ぜ、全然？　あんな奴のどこがいいんだか……」

「今の『気に入った』っていうのは、お仕事の報酬について訊いたんですよ？」

「……ええ、分かってるわよ？　なにも勘違いしてませんけど？」

「えー、本当ですかぁ？」

「ニヤニヤすんな！　……い、いいわ、別に一人増えようと私は困らないし、そこまで言うなら一緒に来たらいいじゃない！」

「やったー！　ありがとうございます！」

「無事は保障できないわよ。危険な目に遭《あ》っても知らないんだから。はぁ……まったくもう、じゃあ眷属、そういうことだから」

「………………え？　あ、ごめん。帰る支度《したく》してて話聞いてなかった」

灯華との戦いで散らかった部屋の片づけとかもしてたし。

聞くまでもなく彼女が置いていかれる結果も分かってたし。

「一緒に来たいって言ってくれてるんだから、協力してもらえばいいのに」

「ええ、だからこの野良猫も連れていくわ」

「……マジ？　なんで？　あんなに反対してたのに？」

「聞いてなかったならいいわそれで。むしろそっちの方がいい」

「どういうことだ、なにがあった？　なんかお前、顔赤いけど……」

「なんでもない！　主人の決定に異議を唱えるのはＮＧよ。ほら衣坂、早く準備して！」

凛音はコートを翻して俺から体を背《そむ》け、灯華の方を向く。

理由は不明だが……戦力が増えたならそれでいいか。めでたし。

「手錠の鍵はどこ？　さっさと外すわよ」

「あ、はい。……いや、でもその、えっと……」

「なに？　手錠をつけたままで歩きたいの？」

「そ、そういうことじゃないんですけど………」

↑

灯華の事務所から少し歩いて、俺たちは再び『シャンゼリゼ』のビルにやってきた。

ああ、手錠の鍵がどこに隠されていたかは聞かない方がいい。

というか、灯華が凛音に耳打ちした後、俺は部屋から追い出されたから知らない。

トップシークレットというやつだ。いろんな意味で。

そんなことより、こうして歩いている間にふといいアイデアが浮かんだ。

それを提案しようと、俺は一歩前を歩く凛音に後ろから声をかける。

「あのさ、一緒に行動するなら灯華も眷属にすればよくないか」

その後、ここで会った瞬間まで戻せば時間の節約になるし。

「無理ね。私が眷属にできる人間は一人だけなの。同時に二人は無理」

「えー、それって眷属っていうより恋人みたいですねー」

「黙りなさい。眷属は無理だけど、奴隷ならまだ募集中よ？」

「ごめんなさい。静かにしてますー」

「じゃあ、せめて状況だけでも説明するか。あの灯華、凛音の【究明証】の能力は——ご主人様は世界一可愛くて美しいです。……は？」

「眷属さん？　どうしたんです？　いきなり凛音さんを褒めちぎったりして」

「いや、なんか口が勝手に……」

思ってもない言葉をペラペラと。

なにこれ。

「あ、言い忘れてたけど、【魔女】の眷属になった人間は許可がないと、私に関する情報を何一つ喋れないから。その部分は代わりに私を礼賛《らいさん》する言葉に置き換えられるわ」

「なんだこのイカれたデメリット……」

「当然でしょ？　情報が洩《も》れるリスクはできるだけ減らしておかないと」

「え、じゃあなに？　灯華には【魔女】の能力は伝えないの？」

「元から誰にも言わないって決めてるのよ。むしろ知ってるアンタの方が例外なの」

「なら、俺の件も？」

「ええ、ひとまず伏せておいた方がいいでしょうね」

「二人だけの秘密を共有する関係っていいですよねぇ、憧《あこが》れます」

「そんないいもんじゃないと思うよ……なんかさ、隠し事をされてるって分かってたらギクシャクしない？」

「私は気にしないです。究明機構の探偵にとって、【究明証】は最も重要な個人情報ですから ね。私も他の方の【究明証】のフルネームは全然知らないですし、自分のも教えてません。仮に暴かれるとしたら、まだスリーサイズや体重の方がマシですよ」

「なるほど、な。そういうもんか」

そう言われると【究明証】の貴重さが分かってきた。

今後は雑談感覚で他の人に訊かないようにしないと。

そんな決意を胸に秘めつつ、『シャンゼリゼ』の社内に入る。

うお……広っ。どこぞの大企業のエントランスみたい。

入り口からすぐのところに半円形のカウンターがあり、そこに受付嬢さんが一人立っていた。

ブラウンのセミロングヘアが美しい、穏やかそうな人だ。

「ようこそお越しくださいました。玖条様」

「局長を呼んでくれる？　話がしたいの」

「申し訳ありません。霞ヶ関《かすみがせき》局長は現在、業務のため都内を出られています」

「じゃ、できるだけ上のナンバーの奴をお願い。今ビルにいる中で」

「かしこまりました。お調べいたします」

受付嬢さんは手元の端末を手際《てぎわ》よく操り、凛音の指定した条件をあたっている。

局長って……たしか〈ナンバー1〉の人を、二人はそう呼んでたっけ？

普通の会社でいうと部長に相当するポジションだと思われるが……まぁ、だとすると簡単には会えないよな。そりゃ。

「お待たせしました。今現在、社内にいらっしゃるのは、〈ナンバー3〉ヘルアイラ様。〈ナンバー5〉雪村《ゆきむら》様の二名です。しかし……」

「しかし？」

「申し上げにくいのですが、雪村様はアポを拒否するNGリストを作成されていまして、そこに玖条様のお名前がありますので、お会いするのは難しいかと」

「私、あいつと話したことないけど……な、なんもしてないわよ？」

「理由も明記してあります。『可愛い女の子と話すのは緊張するから絶対に僕の部屋に通すな』とのことです」

「……それにオッケー出してんの？　アンタたち」

「はい。局長が直々《じきじき》に許可を。メールにて、ですけど」

「えぇ……じゃあ消去法でヘルアイラね。どうせ来ないでしょうけど、一応お願い」

「かしこまりました。ご連絡いたしますので、少々お待ちを」

再び、受付嬢さんは忙《せわ》しなく端末を操作する。

その間に、控えめに手を挙げ、不安そうに質問する灯華。

「あのぅ、雪村くんのNGリストって……ちなみに私は？」

「え？　……あ、はい、衣坂様のお名前もございます」

「やった！」

「喜ぶな！」

自分の可愛さが認められていたことに歓喜する灯華と、それに怒る凛音。

そうこうしていると、受付嬢さんが顔を上げた。

「お待たせしました。メールでの返答がありましたのでお伝えいたします。『今忙しいから無理だね。ごめんよ』とのことです」

「もう……なんなの？　この協調性ゼロの集団」

「俺もお前もその一員だろ」

「先日、私が早見さんの件で協力をお願いした時、凛音さんもこんな感じでしたよ」

「……悪かったわよ。じゃ、他に誰か戻ってくるまで中で待たせてもらうから」

←

事件があったのは今から二日前。十月三十一日。

究明機構の諜報部、未然解決局『シャンゼリゼ』に所属している探偵「早見諫早」が、単独での行動中に消息を絶ち、以後連絡が取れなくなった。

緊急事態とはいえ、厳重に秘匿されている早見諫早に関する情報を多くの探偵に明かすわけにはいかない。そのため、『シャンゼリゼ』は都内に滞在中の幹部のみに通達を行い、捜索が開始された。

そして、捜索開始から六時間後の、午前一時。〈ナンバー3〉であるヘルアイラ・サニーフレアが、天雷区《てんらい》の建設途中のビルにて早見諫早を発見。その場で死亡が確認された。

死因は失血死。銃創《じゅうそう》が多く見られるものの、その実力を鑑《かんが》みると、一般人からの銃撃を受ける可能性は極めて低く、【究明証】を持つ者による襲撃だと推測される。

――というのが。

今回の早見諫早に関する事の顛末《てんまつ》だった。

『シャンゼリゼ』のビル内――地上を遥《はる》か下に見下ろす高層階の一室。

情報収集のため他のナンバー持ちの探偵を待つことにし、事務用の椅子と長テーブルがズラりと並ぶ会議室のような部屋に通された俺たち。その待機中、凛音がスマホ弄《いじ》りに耽《ふけ》る横で、俺は改めて灯華から早見の事件について説明してもらっていた。

「では、ここまででなにか質問はありますか？」

灯華はまるで教壇に立つ教師のように、大きなホワイトボードに書き出した文字列をコンコンとペンで叩きながら、椅子に座って講義を受ける俺へ尋ねた。

どっから持ってきたのか知らないけど、なんか赤ぶちのメガネまでかけてるわ。

ノーマルの時よりちょっとだけ賢そうに見える彼女へ、俺は講義中に出てきた知らない単語について質問してみる。

「えーと……この、早見が見つかった『天雷区』っていうのは？」

「名前の通り、東京123区のうちの一つです。調べれば普通に出てきますよ」

「聞いたことないな」

「それはアンタが忘れてるだけ。単なる地名よ、引っかかるようなところじゃないわ」

「あっそう……」

なにせ大半のことは忘れてるもんでね。

初見《しょけん》の言葉や知識が多すぎる。

「で、早見はなんでそんなところに？」

「分かりません。直前に引き受けていた仕事のエリアがこの辺りだったとか？」

「〈ナンバー2〉の幹部ってことは、当然、危険な任務を担当するわけだろ？　仕事中、悪人を捕まえようとして返り討ちに遭ってしまった――なんて可能性は？」

「んー……どうでしょうね。早見さんに限ってそんなことはないと思いたいですけど」

と、灯華はホワイトボードの一部を消して、スマホを見ながら手書きで棒グラフを引く。

定規《じょうぎ》を使ったみたいにまっすぐだ。器用なことをする。

「私は実際にお会いしたことはないんですけど、データによると、あの方が究明機構に所属して以降、『シャンゼリゼ』における悪党の検挙率は二倍になりました。数百人いる組織のデータがたった一人でそんなことになっちゃうなんて、スゴくないですか?」

「スゴそうではあるな、なんか」

「武装したマフィア二百人をたった一人で制圧したこともあるらしいです」

「マフィアってそんなに集まることある?」

「噂によると、かめはめ波《は》も出せるとか」

「それはスゴいわ」

最後のは俺でもわかるスゴさだ。

本当ならね。手放しで賞賛したいくらいスゴい。

「早見さんのおかげで究明機構の人的損失もかなり減りましたよ。いったい、身体がいくつあるんだっていうくらいのハイペースで、諜報も戦闘も、全部お一人でやっていらしたので」

「ふぅん」

入ってたった一年であっという間に〈ナンバー2〉まで駆け上がってましたもん——という灯華の補足を聞き逃しそうになるくらい、その前の台詞《せりふ》に気を引かれた。

諜報も戦闘も、全部一人で。

きっと、誰も巻き込まないように、一人で。

……我ながら危ないことしてたんだな。

まぁ、ともあれ。

「なにを手掛かりにして早見を探し出したのか、そのあたり、第一発見者のヘルアイラから詳しく話を聞きたいな」

「ですよねー。普段は付き合いのいい方なんですけど、今日に限ってダメとは」

「ま、都合のつく日を聞いてこっちが合わせるしかないいな」

言いつつ、俺は椅子から立ち上がる。

講義がだいぶ長時間続いたので、ここらで一旦トイレ休憩といこう。

「ちょっとトイレ行ってくるわ」

「出て左です。講義の続きがあるので早く戻ってきてくださいね」

「はいよ、先生」

「眷属、知らない場所だからってあんまりウロチョロしちゃダメよ？」

「子供か俺は」

灯華の催促と凛音の注意を受け流しながら部屋を出て、言われた通り左方向に歩きだす。

ふむ……。

いったい、誰が早見諫早を殺したのだろうか。

目的は不明。方法も不明。

……というかそもそも、俺が本当に早見本人だとしたら、この現状も意味不明。

その辺りのことをハッキリさせるには――やはり犯人を捕まえる必要がある。

なので、自分なりに容疑者を見つける方法を考えてみた。

効率は度外視だが、俺が究明機構の探偵に片っ端《ぱし》から会えばいい。

もし、凛音の言う通り「俺＝早見諫早」である場合、早見を殺した犯人は俺を見た瞬間にとてつもなく動揺するのではないだろうか。

だって殺したはずの人間が生きてるんだから。

早見に会ったことがなければ灯華のように反応ナシなので捜査対象から除外。

結果、容疑者となるのは早見の顔を知る人物だけに限られる。

一旦、早見の知人も容疑者に巻き込んでしまうが、これなら確実に数を絞ることが――

「……ん」

進行方向のちょっと先、エレベーターの前に人がいた。

俺より少し年上くらいの、フォーマルな白のセットアップに身を包んだ女の人で、その距離が近づくにつれ、彼女の輝くような金髪がミディアムショートくらいの長さで切り揃えられていることや、女性としては割合、身長が高めであることが分かった。決してジロジロ見ていたわけではない。目に入っただけだ。

まさにクール系の美人って感じだけど……この人も『シャンゼリゼ』の探偵なのか。

すれ違いざま、向こうがこちらの気配を感じて振り向いたので、軽く会釈《えしゃく》をしてみる。

すると。

「え……」

彼女は俺の顔を見て、なにやら呆気《あっけ》に取られたような表情を浮かべた。

まるで妖怪や幽霊を見てしまったような、そんな反応である。

この感じ……まさかコイツ、早見諌早の顔を知っている？

さっそく容疑者とエンカウントした——そう思ったのだが。

彼女はマジマジと俺を見た後、やがて落ち着きを取り戻し、不思議そうに口を開く。

「君、見ない顔だね、ここはナンバー持ちの探偵しか入れないフロアなのに」

「あー……」

そういうこと。

そっち方面の驚きね。理解した。

『シャンゼリゼ』の精鋭が集まるフロアを知らねえ奴がキョロキョロしながら歩いてたから不審者だと思われたんだ。

これで通算二度目である。

「怪しい者じゃない。俺は玖条凛音の眷属だ」

「うーん、本当に怪しくない人はそんな自己紹介しないよ？」

呆れられた。

まあ、もっともな意見だと思う。完全に向こうが正しい。

「玖条ちゃんは普段助手すら連れていないのに、君はその眷属なのかい？」

「疑うなら本人のところまで案内しよう」

じるよ」

「あー……それはいいや。いま玖条ちゃんに会ったら怒られるだろうしね。面倒くさいから信
「あっさりしてるな、俺が本当に侵入者だったらどうする」

「ここに入り込めるようなレベルなら、人がいるのに堂々と廊下を歩いたりしないでしょ。そ
れに君、律儀《りちぎ》に会釈までしたよね？」

ふふっと柔らかく笑って、目の前の探偵は言葉を続ける。

冗談っぽく、まるで推理でもするかのように。

「君は知らない人だけど、状況的に怪しむには値《あたい》しない。だから信じる。それだけさ」

「そりゃどうも。余計な手間を掛けさせてすまなかったな」

「お互い様だよ。こちらこそ引き留めて悪かったね。……あ、でも、玖条ちゃんが何をしにこ
こへ来たのかは気になるな。訊いてもいいかい？」

「俺たちは今、早見諌早の件について情報収集をしている」

「あぁ、やっぱりそうか。早見には私もお世話になったから協力したいところだけど、今は別
の仕事で手一杯なんだよね……」

両手を両肘《ひじ》の位置で組んで悩ましげにしていた探偵は、そこで思い出したように言う。

「……そうだ、それなら衣坂ちゃんに会ってみたら？　私の記憶が確かなら、早見の事件を担
当しているのはあの子のはずだよ」

「灯華とは既に話してみたんだが、今のところ有力な情報はなにも」

「……話した？　もう会ったのかい？」

なぜか、意外そうに驚かれた。

「会ったけど、それがなにか？」

「ん、あぁいや……あの真面目な衣坂ちゃんが収穫ナシなんて珍しいなと思って」

と、彼女は顎《あご》に手を当て不可解そうに考え込む。

俺はそもそも究明機構の探偵たちのアベレージを知らないため灯華がエリートというのはいまいちピンとこないが、そんな俺でも断言できるくらい、彼女が戦闘面に関してはトップクラスの能力を有しているのは事実。

おまけに記憶を部分的に消去されていて重要な情報を抜かれている状態なので、本来はこういう反応の方が正しいのかもしれなかった。

「あの子、昨日は早見の件で『フロンティア』へ調査に行っていたはずなのに、本当に何も聞けなかった？」

「……灯華が『フロンティア』に？　別の部署に出向いてたのか？」

「うん。昨日の夜にここで会った時、そう言っていたよ。だけどなんの用事だったか訊いても教えてくれなかったし、思い返すと、少し様子が変だったかも」

「昨日……」

灯華は「早見を殺した裏切り者として玖条凛音を捕らえろ」という命令を誰かから受けていた。当然、それが可能なのは早見が死亡してから――つまり二日前からだ。

時系列的に、それが『フロンティア』の人間によって行われた可能性は十分ありえ——

「あ、ごめん。エレベーター来ちゃったから行くね？」

一度思考を中断して意識を戻すと、彼女は既に到着していたエレベーターに乗り込むところだった。

その間際《まぎわ》、彼女は服の胸元から手帳を取り出し、なにやらスラスラとボールペンを走らせた後、そのページを破いて俺に手渡す。

「はいこれ」

「……？」

——氷河《ひょうが》区225—625　ヴィデンス・ガーデン　303——

「私のマンションの住所。日中は予定が詰まってるから、今日の夜にでもおいで。あ、もちろん玖条ちゃんには秘密だよ。眷属くん一人でね」

「…………」

状況を確認しよう。

初対面の年上美女から家に誘われた。しかも二人きりで。

なんてことだ……こんなのもう行くしかない。隕石《いんせき》が降ってても行くと思う。

「役に立つか分からないけど、私が知っている情報を話してあげるからね」

「情報提供ありがとう。……あ、もしよければ名前を聞かせてほしい」

「名前？　あぁ……私の？　あはは、なんか久しぶりに訊かれたかも。ごめんね、つい知ってるものだと思って話してた」

彼女は少し悪びれた様子で苦笑いをして。

直後、それを帳消しにするように微笑みながら——自らの名を名乗る。

「ヘルアイラ・サニーフレアだよ。眷属くん、玖条ちゃんによろしくね」

「え、あ……」

「じゃあね、バイバイ」

俺が言葉を返せないでいると、『シャンゼリゼ』の〈ナンバー3〉が乗ったエレベーターは、その扉を固く閉じてしまった。

今の人がヘルアイラ——か。

うーん、だとしたら惜しいことをしたな。最初から分かっていればもっと色々話を聞けたのに……あ。

いや、戻ればいいじゃん！

【魔女】の能力でちょっと前に戻ればいいんだよ！

俺はダッシュで廊下を駆け、凛音たちのいる部屋のドアを勢いよく開ける。

「なぁ、今そこでヘルアイラに会った」

「……あいつに？」

椅子にもたれかかってスマホを弄っていた凛音は、ゆっくりと視線を上げる。

ジャンルでいえば朗報のはずだが、なぜかあまり嬉しそうではない。

「引き留め損《そこ》ねたから、ちょっと時間を戻――ご主人様は世界一可愛くて美しいです」

「そう？　ありがとう、眷属」

「とぼけた返事をするな。前半の言葉と全然繋がってないだろうが」

時間を戻して会いに行こう、って言おうとしたんだけど……またこれか。

俺が発する【魔女】に関する言葉には彼女の検閲が入るんだったな。

「灯華、悪いけどちょっと耳を塞《ふさ》いどいてくれ」

「いいですよー」

そう言って、灯華は俺の耳元に手をあてがう。

「……俺のじゃなくて自分の」

「あはは、××だとさすがに△△ですよね」

「聞こえねえよ。いいから、借りてきた猫みたいにおとなしくしてろ」

俺は灯華の手を外し、反対に自分の手で彼女の耳を塞ぐ。

もうこっちの方が早い。

「さぁ、これでなんでも自由に話せるな」

「ヘルアイラに会ったんでしょ？　別にそれ以上、話すことなんてないと思うけど」

「ありすぎるだろ。早見の第一発見者なんだぞ？　時間を戻して話を聞くべきだ」

「それはそうだけど、あいつが『忙しいから無理』って言ってる以上、どうせ会えないっていうか……」

「会えない？」

「だからその……いや、まぁいいわ。お望み通りに戻してあげましょう。どうせ口で説明しても納得しないだろうし」

じゃあいくわよ——と。

どこか投げやりに、玖条凛音はウィンクをした。

↑

気が付くと、俺はドアノブに手をかけていた。

どうやら、トイレに行こうとしているところに戻ったらしい。

「さぁ、行くぞ凛音」

「はいはい。ほら、衣坂も来なさい」

「え？　え？　トイレですよね？　そんな、みんなで一緒に行くような所ですか……？」

「あー……そうね。じゃあちょっとここで待ってなさい。すぐ戻るわ」

「？？？」

チンプンカンプンといった様子の灯華。

無理もない。彼女は【魔女】の眷属ではないので凜音の遡行を認識しておらず、「俺がトイレのために席を立った」という状況から直《じか》でここに繋がっている。

なので今はひとまずお留守番を任せ、二人だけで部屋を出てエレベーターホールまで向かう。

時間は先程とまったく同じ、この角を曲がったところにヘルアイラが――あれ？

いない……？

何故か。

ついさっき見かけたはずの場所に――彼女の姿はなかった。

「おかしいな、さっきここで会ったんだが……」

「ほらね。言ったでしょ。戻ってもどうせ会えないって」

「いや……前はここにいたんだから、理論上、今回も確実に遭遇するはずだろ？」

「普通はね。でもほら、これ」

と、凜音が目線で示したエレベーターの液晶パネルには、段々と数を減らしていく二桁《ふたけた》の数字が表示されていた。

もう降りてしまった――ということか。

さっきはまだ到着していなかったはずだが、どうして……いや、それもだけど。

そもそもヘルアイラには、ここまで徹底するほど凜音に会いたくない理由が……？

「あいつは私を異常に避けてるの。だから簡単には会えないわ」

「もしかしてお前……ヘルアイラに嫌われてる？」

「そんなわけないでしょ！　むしろこっちが嫌いなの！」

「同僚とは仲良くした方がいいと思うぞ」

「うるさい。まだ余計なことを喋るようなら、もう全部私を褒める言葉に変えちゃうから」

「………」

それは嫌だ。怖すぎる。

ま、他人の人間関係に口出しをするのはこの辺にしておいて。

「よし、リトライしよう。お前がいるとダメなら、今度は俺一人で行く」

少しストーカーチックな思考だが、会えるまで会いに戻ればいいだけだ。

「その前に一つ質問。アンタから見て、ヘルアイラはどんな奴だった？」

「どんなって……まぁ、すごく綺麗な人だった。上品で聡明《そうめい》な感じ」

「ふーん………そう」

「なんだ、その反応は？」

なぜジト目で睨《にら》んでくる？

「初歩的な心理学よ。『どんな人？』と質問されて最初に外見を答えるということは、アンタが一番興味を持っているのはそこなのね、という話」

「いやいやいや、あんな短時間で内面なんか分からないって。そもそも探偵はビジュアルからその人の職業やバックボーンを推理するものだから、まず注目するのは外見だろ」

「まったく、ちょっと目を離したらすぐ他の女のところに行こうとするんだから。もう戻さないし会わせない。二度と会っちゃダメ」

「お前は俺の彼女か！」

「ご主人様よ。……はぁ、やれやれ」

そこで凛音は深くため息をつき。

誰にも伝える気がないような小声で——嘆《なげ》く。

「そのあたりの審美眼も、やっぱりあの人と同じなのね」

「……？　なんの話だ」

「悪い女に騙《だま》されないよう気をつけなさいねってこと。それより、これからのことを考えましょう。正直、局長がいないんじゃここに来た意味がないわ」

そう言って凛音が踵《きびす》を返して部屋へと戻りだしたので、俺はその背に追いすがる。

「え、もうマジで会わない感じ？」

「ええ。もうマジで会わないわ。今日は力を使いすぎて目がしぱしぱするから」

「…………」

白々しい。

ってことはあれだ、夜に会う約束もなかったことになるじゃん……！

せっかくのチャンスが白紙に……あぁもちろん、情報収集的な意味で。

けど凛音が一度ダメだと言った以上、その言葉を曲げるわけもないだろうし……仕方ない、切り替えよう。この虚《むな》しさは事件解決にぶつけるしかない。

未知の未来に別れを告げ、俺は先刻のヘルアイラとの会話で仕入れておいた情報を出すことにした。

「提案があるんだけどさ、『フロンティア』に行ってみないか?」

「どうして?」

「さっきヘルアイラから聞いたんだけど、昨日、灯華は『フロンティア』に出掛けてたらしい。夜に帰ってきてから会ったけど、少し様子が変だったって」

「あいつがそう言ってたの?」

俺の言葉に対し、あからさまに懐疑的な表情の凜音。

確かに、灯華の件があるので同僚だからといって鵜呑《うの》みにしていいわけではないが、今回はちゃんとした推論に基づいている。

【※俺たちが追っている人間は、早見諫早の顔を知っている人物である】

これが犯人の満たしておくべき最低条件であり、ヘルアイラはこれに該当《がいとう》しない。

よって、彼女はかなり信頼度の高い人間だと思われる。

……唯一、懸念《けねん》点を挙げるとすれば、早見と会ったことがあるはずの凜音は、マンションに俺が訪ねてきてもまったく驚かず、そもそも当初は気づいてさえいなかった。

以前の俺がよっぽど存在感のない奴だったという最悪の可能性に目を瞑れば、この理論はなかなかどうして人を見分けるのに役立つのではないだろうか。

「なんにせよ、このまま『シャンゼリゼ』で足踏みするよりはいいと思うが」

「そうねぇ……まぁ、とりあえず本人に訊いてみましょうか」

　凛音は部屋へと入るなり、「衣坂、ちょっといい？」と彼女へ呼びかける。

「アンタ昨日、『フロンティア』に行ってた？」

「え……？　あ、はい。早見さんの件で、向こうに用事があったので」

「用事？」

「早見さんが発見されたビルの調査に行ったんですよ。犯人の痕跡を探しに。いわゆる現場検証ですね」

「あぁ、それで事件を担当してる灯華が出向いたのか」

「あそこは完成後に『フロンティア』の商業ビルとして運用される予定なので、私みたいな外部の人間が立ち入る場合は許可がいるんですよ。だから向こうの幹部の方と会う約束を取り付けて、お昼過ぎに家を出て……で、えっと、どこで誰と何を話したんでしたっけ？」

　あれれ、と小首を傾げて言い淀《よど》む灯華。

　デジャブである。

「……お酒を飲みすぎた日の翌日ってこんな感じなんでしょうかね？」

「知らん。だが忘れている――ということは、その部分を灯華に覚えられていたらマズいんだろうな」

「そうね。現状、どこに裏切り者がいてもおかしくないわ。『シャンゼリゼ』の調査を難航させるために衣坂を無力化して、ついでに刺客《しかく》へ仕立て上げたのかも。自分で動くとリスクがあるけど、衣坂なら『シャンゼリゼ』の同僚へ不意打ちもできるしね」

「けど、その標的をピンポイントで凛音に指定したのはなんでだ？」

狙うなら有能そうな奴からがセオリーだと灯華も言っていたし、それこそナンバーで序列がつけられているんだから、普通は『1』や『3』の方を厄介だと考えそうなもんだけど。

真っ先に凛音が狙われた理由が分かれば犯人を特定するヒントになり得るのだが……。

「凛音さんは早見さんとすごく仲が良かったからじゃないですかね？」

灯華が何げなく放った言葉が、まるでフックのように俺の耳元に引っかかる。

「え、仲が……良かった？」

「『シャンゼリゼ』では割と有名な話ですよ。トップである局長を除くと、凛音さんは、早見さんと直接会うことが許されていた唯一の探偵なので」

「へぇ……そうなんだ」

顔見知りどころか、普通に交友関係があったのか。

俺はおもむろに凛音の方へ顔を向ける。

あの、あなたお友達の顔を忘れてましたけど、というような表情で。

「な、なに？　仕方ないでしょ？　あの時は寝起きでボーっとしてたっていうか……」

「お前、本当に早見と仲良かったの？」

「まぁね。けど、向こうがしつこく絡《から》んでくるから仕方なく相手してあげてた感じよ？」

「しつこく絡む……？　早見が？」

俺が？　凛音に？

いやぁ……どうだろう、初対面ならその銀髪ツインテールに騙されるかもしれないが、ある程度一緒にいれば、こいつの魔女加減を身をもって知ることになるわけで……。

「も、もういいでしょ。犯人は早見の関係者を次のターゲットにしていて、そこに『友人』という要素が加わっているから優先して私を狙った。辻褄は合うでしょ？」

「まぁ、一応」

「だったらこの話は終わり。本題に戻るわ。今のところ、容疑者は『フロンティア』の幹部全員、これでいいわね？」

「うへぇ……面倒ですね。絞るのに苦労しますよ……」

「なぁに、俺は見られれば分かる」

「見れば分かる、より頼りないです……そもそもどういう意味ですか？」

2 【※ただし探偵はメイドであるものとする】

Premise,
the detective
is the maid.

いつものように○○の部屋へ入ると。

いつものように、そこに彼女はいた。

目が眩《くら》む閃光のように白い肌、帳《とばり》を下ろす暗闇のように長い黒髪。

たった二色だけで構成されているんじゃないかと錯覚してしまう、現実味のない、まるで漫画のキャラみたいな——モノクロチックな人間。

窓際の、駒が整然と並べられたチェス盤を前に、○○は言う。

「ねぇ、相手してくれない？　あの子が来るまで退屈なのよ」

「同じ人間同士で戦っても面白くないだろ。もう百回はやってるけど全部ドローだし」

「だからいいんじゃない。勝負が引き分けで終わるボードゲームって、意外と少ないのよ」

平坦な声でそう言いながら。
○○は自陣の黒のポーン（将棋でいうと歩《ふ》）を2マス、前に進める。
「はい、次は貴方《あなた》の番」

「別にやるとは言ってないが」

「あら、逃げるの？　今は対等だけど、ここで退《ひ》いたら貴方、私の下位互換よ？」

「どうだろうな。撤退する方が賢い選択の場合もある。どんな敵にもなりふり構わず突撃するお前の方が俺の下位互換だ」

「では、どちらの考えが正しいか試してみましょう？」

トントン、と対面の席を指で示し——座るように促《うなが》す〇〇。

口角だけを上げた冷ややかで不穏な笑顔が俺に向けられる。

他人が見たら勘違いしそうな冷笑だが、これが彼女のスタンダードな表情である。

機嫌がいいのだ、これでも。

「いつものことながら、恐ろしいスマイルだな」

「フフ、笑顔が怖いのは当たり前でしょう？」

「当たり前じゃなくない……？」

「動物が自分の歯を誰かに見せる瞬間って、どういう状況か分かるかしら？」

「まぁ、威嚇《いかく》だろうな。縄張り争いとか、メスを巡ってとかの」

「でしょう？　強力な武器である自《みずか》らの『牙』を相手に示すなんて行為、人間以外の動物はみんな敵にしかやらないのよ。だから本能的に怖くて当然」

「じゃあ、お前は俺に対して威嚇行動をとっていたのか」

「いいえ、これは人間としての単なる愛情表現。笑顔が怖いというのは普通に傷つくわ」

「それはごめん」

「悪いと思っているのなら、お詫びに相手してちょうだい」

「まぁ、戦ってやってもいいが……どうせもうすぐあいつが来るんだろ？　先に、俺用の仮面を取ってくる」

「徹底してるわねぇ。別にあの子にならら顔を見せてもいいと思うけれど。そんなに似てるかしら？　性別も髪形も声も違うし、案外、気づかないいんじゃやない？」

「いや、俺たち二人を同時に見ればさすがに違和感あるって。双子とは訳が違うんだ」

「そういうものかしらね。まぁいいわ。なら、急いで取ってきてちょうだい。この後の決戦に備えて、早くウォーミングアップをしたいの」

「無駄だと思うけどな。俺たちの腕じゃ——凛音《りんね》のキングを詰ませるのは不可能だ」

←

目が、覚めた。

窓から差し込む日光が眩《まぶ》しい。太陽はもう割と高くまで昇ってしまっているようだ。

「…………夢か」

どんな夢だったたっけ。

誰かと一緒にいて、なにか話したような──

「……ん？」

ぼんやりとした意識のまま寝返りを打つと。

目の前で、青い髪の美少女がスヤスヤと気持ちよさそうに寝ていた。

髪がセットされておらず、薄手の肌着だけで眠っているので断定はできないが……知り合いの中でこの特徴に一致する人物を挙げるなら……灯華《とうか》？

…………え？

「びっっっくりした!!　人の部屋でなにしてんだ!!!」

自分でも驚くくらい。

そして、どんな夢を見ていたかも忘れるくらい、大きな声が出た。

←

一時間後。

凛音の住んでいるマンションの、最上階から一つ下のフロア──その廊下にて。

俺と灯華は身支度《みじたく》を整えて合流した。

「さっきはすみません。私、寝相が悪くて……」

「そんな恥ずかしそうに言われても……そういう問題か？　お互い別の部屋で寝たじゃん」

「寝ぼけて壁をすり抜けちゃったみたいで、隣の眷属《けんぞく》さんのお部屋に転がり込んだようです」

「……今度からは違う階で寝ろ。心臓に悪いから」

灯華に夜間接近禁止令を出しつつ、エレベーターに乗り込み、最上階行きのボタンを押す。

まったく、朝っぱらからとんでもない目に遭《あ》った……。

なぜこんなことになったのか、この待ち時間を利用して流れを整理しよう。

昨日、灯華が『フロンティア』と連絡を取ってくれた結果、その素晴らしい交渉術により、翌日にはもう向こうの幹部と会えることになった。

そのため、凛音は各自解散して翌日にまた集まろうと提案したが、灯華は自分の家で一人は怖いから（ついでに家具も何一つないし）と帰りたがらず、俺はそもそも自宅がどこにあるのか覚えていない。

結果、二人して凛音の家にお世話になることになり、彼女のマンションへと帰ってきた。

あのだだっ広い部屋に泊まることになるのかと思いきや、俺たちはそれぞれ自分の部屋を与えられた。

「好きなとこに泊まって。全部、私の部屋だから」

驚くなかれ。

昨夜、初めて聞いた時は耳を疑ったが、ここは「玖条《くじょう》凛音のマンション」なのだ。

文字通り、一階から最上階まで――全て彼女の所有物である。

エレベーターのボタンが「44」まである高層マンションだというのに、彼女以外に入居者はおらず、つい昨日まで正真正銘の一人暮らしだったらしい。

探偵って儲《もう》かるんだなぁ、というのが率直な感想だ。とはいえ、同僚であるはずの灯華も目が飛び出すくらい驚いていたので、収入には個人差があると思われる。

ちなみに俺は無一文。目が覚めた時点で財布もスマホも持ってなかった。

「〈ナンバー4〉の凛音がここまで稼いでいるということは、俺の収入はさらに上のはず……案外、普通に金目当てで殺されたのかも」

「なんか言いました？」

「いいや、なにも」

ジャケットから白い装丁《そうてい》のメモ帳を取り出し、パラパラと捲《めく》る。

早見《はやみ》によって書かれたこのメモ、内容は凛音に依頼をするまでのチャートが大部分であり、そこから先はもう巻末の『Q&A』のコーナーに入っている。

『Q自宅の住所が分からなくなったら？』がどっかにないかな……あ、着いた。

とまぁ、そんな感じで俺と灯華は最上階の近くに泊まり、朝方、彼女が壁をすり抜けて俺のベッドまでやってきた――というわけだ。

エレベーターを出て凛音の部屋に向かい、インターホンを押す。

音が鳴ってからしばらく待つが、凛音が出てくる様子はない。

ドンドンドン。と強めにノックをしても変化はなし。

「まだ寝ていらっしゃるんでしょうか?」

「かもな」

現在時刻は午前十時。たしか、昨日初めて訪ねたときは十一時でも寝起きだったし。

「どうしましょう? 『フロンティア』の方との約束は正午なので、今から起きて準備だと間に合わないかも……」

「じゃ、インターホンを連打して起こすか」

「そんなのご近所迷惑ですよ! 私に任せてください!」

「いや、だから誰も住んでないんだって——うお」

俺の言葉に耳を貸さず、灯華は玄関のドアをすり抜けその姿を消した。

改めて見るとやっぱ驚く。ドラえもんの秘密道具みたい。

五秒後。ドアが中からガチャリと音を立てて開く。

「どうぞ~」

「いいねこれ、空き巣とか向いてるな。だから【泥棒猫】なの?」

「違いますぅ!」

なんて。

靴を脱ぎながら盛り上がっていると、すぐ近くの、他の部屋から出てきた人影と廊下で遭遇した。

「「…………」」

玖条凛音が。

濡れた銀髪をタオルで拭《ふ》きながら、まだそれほど凹凸《おうとつ》のない華奢《きゃしゃ》な身体にはバスタオルを一枚巻いただけの姿で、立っていた。

当たり前だが人に見られることなど想定していないので、バスタオルの巻き方が甘く「あられもない感」を演出してしまっている。危険だ。俺は年下に興味ないからいいけど。

「……どうして、人がシャワーを浴びている時に入ってくるのかしら？」

「それはごめん。お前に対して初めて、心の底から悪いと思っている」

「鍵をかけておいたんだけど？」

「わ、私が開けました……眷属さんは悪くないです……」

「責任は最年長（多分）の俺にある。悪いのは俺だ」

「じゃあ半々ね。けど、衣坂《ころもさか》は眷属じゃないからチャラでいいわ。まったく、インターホンが鳴ったから急いで出てきたのに……いい？　レディの部屋を訪ねる時は、たとえ応答がなくてもおとなしく待つこと。たとえそれで日が暮れてもね。わかった？」

「心得ました、ご主人様……」

「次からは気をつけなさい。やり直しよ、このへんたい眷属」

まだ少しだけ濡れているまつ毛を閉じて。

玖条凛音は時を戻した。

「凛音さん、なんか顔赤いですよ？　大丈夫ですか？」

「へ？　ああ……平気。シャワーを浴びてたから、それで温まったんでしょ。さぁどうぞ、衣坂は適当に座って。眷属は罰として髪を乾かして」

「……了解」

二度目は俺が灯華を制して凛音が出てくるまで玄関前で静かに待機したことで、俺たちは無事、中に通された。

廊下を抜けた先のリビングは見渡す限りフローリングが続いており、正面の壁は一面、大きなガラス張りで、部屋の中央には、黒の丸いカーペットで形成された彼女の生活スペースがある。

まさに異質な空間だ。俺たちが泊まった階は普通の間取りだったのに。

「わー、いい景色──！　すっごく広いですねここ！　何畳くらいあるんですか？」

「ジャスト千畳よ」

「せ、千……!?　うわ、ちょっと目眩《めまい》が……」

灯華は驚きのあまりヨロヨロとふらつきながら、ガラスのローテーブルを挟んで二つ設置されているソファの片方に座った。

凛音がその対面に腰を下ろしたので、必然的に俺は彼女の背後に回る。

「ドライヤーはそこ」

「はい」

言われるがまま、俺はドライヤーの電源を入れて「Ｌｏｗ」に設定し、温風の出具合を確認した後、彼女の長い銀髪を指先で散らしながら乾かしていく。

「ん、悪くないわ」

「どうも」

「それで？　朝っぱらから何の用？　今日は『フロンティア』に行くんじゃなかったの？」

「ああ、だからこうして迎えに来たんだろ？」

「私、昨日、行けないって言ったわよね？」

「え、そうだっけ？」

「夕食の時に言ったわよ。覚えてないの？」

「多分、寝る前までは覚えてたんだろうけど、起きた瞬間のインパクトで忘れたっぽいな」

「私はご飯に夢中で聞いてなかったんだと思います」

「…………」

凛音は固まった。

こっからだと顔は見えないが、多分「マジかコイツら」みたいな表情をしているんじゃなかろうか。

「来ればいいじゃん。犯人を捜しに行くんだから戦力は多い方がいい」

「無理なのよ。私、『フロンティア』の全施設、出禁になってるから」

「おいおい、マジで嫌われまくってるな……」

「違う！　逆よ！　一度《ひとたび》顔を出したら皆に歓迎されすぎて帰してもらえなくなるの！　だからあらかじめ近寄らないようにって、向こうのトップに言われてるのよ！」

「苦しい言い訳だ。お前にそんな人望があるはずないのに」

「昔はあったの！　私は元々『フロンティア』の〈ランク2〉だったんだから！」

「ランクって？」

「序列ですね。『シャンゼリゼ』でいうところのナンバーです」

素朴な疑問に灯華が注釈をつけてくれた。

気配りのできるJKである。

「たしか、『フロンティア』は究明機構の資金面を担当してるんだったっけ？」

「そうです。『フロンティア』がお金を稼いでくれないと諜報部《ちょうほうぶ》の『シャンゼリゼ』や戦闘機関の『ニライカナイ』は存続できません」

「まさに心臓部だな。凛音にそんなとこの幹部が務まるのか？」

「務まるに決まってるでしょ。軽く候補を挙げるだけでも、株、FX、ギャンブル。このあたりのお金が絡《から》む駆け引きで私が負けることはない。絶対にね」

「あー……確かに」

納得。

自由に時間を戻せるんだもん。よく考えたらめちゃくちゃ便利だわ。

「正真正銘の天職じゃん。なんで『シャンゼリゼ』に来たんだ？」

「それは――熱っ！　ちょっと、ずっと同じところに当てないでくれる？」

「すまん、話に夢中で手元が疎《おろそ》かになってた」

時間が戻せるとなると、儲かる方法がバンバン頭の中に湧いてきて……。

そのせいでドライヤーを動かし忘れ、凛音の髪が必要以上に熱されてしまった。

「……まぁとにかく、そういうわけで、今日は一緒に行けないから」

「ふぅん、了解した」

じゃあ『フロンティア』の調査は灯華とのツーマンセルか。

凛音がいてくれた方が情報の見落としが少なそうなんだけど……仕方あるまい。

「衣坂と二人っきりだから、デートみたいだなって思ってるでしょ？」

凛音はこちらを振り返って上目遣《うわめづか》いで睨《にら》んでくる。

上目遣いってこんな、人を威圧するような使い方もできたのか。

だが。

「ハズレだ。普通に、お前が来てくれなくて残念だと思っている」

「え……あ、そう？　い、いいわ、眷属らしくなってきたじゃない……」

俺がそう答えると、なぜか、凛音は挙動不審な感じで正面へ向き直った。

なんかすげーニヤニヤしてる。

支配欲みたいなのが満たされているんだろうか。だとしたら将来が不安だ。

あ、でもこれチャンスかも。

どうやら機嫌が良さそうなので、昨日から考えていたアレを頼んでみることにした。

「なぁ、お願いがあるんだけど」

「お願い？　そんな、ダメよ眷属、いくら私と離れるのが嫌だからって、一緒に来てくれって頼み込まれたら困っちゃ――」

「コート買ってくれ」

「……ヒモかアンタは」

「昨日、すげぇ寒かった。あと連絡用のスマホも欲しい」

「どんどん注文が増えるわね……まぁいいわ。ないと不便だろうし、あとで私のを一台貸してあげる。それで連絡も支払いもできるから好きに使って。コートは新しく買ってもいいけど、一応、前にアンタがここに来た時、忘れてったやつもあるわよ」

「あ、そうなの？　じゃあそれでいいや」

以前の俺が着てたやつなら好みも合うだろうし。

「ありがとな。お礼に撫でてやる。よしよし」

と、俺は乾かし終えた凛音の頭を軽く撫でながら、ドライヤーの傍《そば》に置かれていた櫛《くし》でその銀髪を整える。

毛先が一切絡まない、サラッサラの異次元キューティクル。

「……ありがと。別に、そこまでしてくれなくてもいいのに」

「ああ、まぁ、罪滅ぼしのオプションだ」

あれ。

こんな子供扱いじみたことをしたら、てっきりいつものように「なにしてんのよ！」とか言うだろうと思ったけど。

俺が髪を梳《す》いている間――彼女は少しも嫌がらず、むしろどこか嬉しそうに。

予想に反して、素直におとなしくしていた。

「うふふ、大好きな飼い主さんに撫でられてるワンちゃんみたいですね」

そう、灯華がポツリと呟《つぶや》くまでは。

←

「まさか朝食前に追い出されるとは……」

「災難だな」

「怒らせるつもりはなかったんです。本当に、ただ可愛かったから、つい……」

冬に差し掛かる寒空の下《もと》。

最寄《もよ》り駅への道中にて――灯華は己《おのれ》の失言を悔やんでいた。

失言といっても、別に悪口でもなければ煽《あお》りでもない、単なる感想なのだが。

「ま、気にすんなよ。俺も似たようなことを思ってた」

家を追い出される直前、凛音がクローゼットから引っ張り出して投げ渡してくれたコートを着込みながら、俺は彼女を励ます。

凛音とお揃《そろ》いの真っ黒でシックなデザインのこのコート、素人目《しろうとめ》に見ても高級品であると分かるが……そんなことはさておき、あったかい。それが一番嬉しい。

「そういや、今日の目的地ってどこ？　割と遠い感じ？」

「えーっとですね、ここからだと、天雷区《てんらいく》は電車で十五分くらいです」

「そこって確か、早見が発見されたビルの……？」

「そうです。本日は、件《くだん》のビルの再調査という旨《むね》で約束を取り付けてます。『フロンティア』からは〈ランク６〉のリリスさんが案内役として同行してくださるそうです。言ってしまえばお目付け役ですけど、そこから情報を探るチャンスがあるかと」

「ビルがある地区に向かってるってことは現地集合？　本社に行くわけじゃないのか？」

「ええ、『フロンティア』はウチと違って本社と呼ぶような建物を持っていません。幹部の皆様がそれぞれ自身の拠点《きょてん》を持っていて、そこに部下の探偵を抱《かか》えていらっしゃいます」

「ふぅん……」

なら、灯華が一昨日『フロンティア』の『誰』の拠点に向かったのかが分かれば、自然と候補は絞れてくるかも。

「けど、組織の内部がそんな造りだと、勢力図は複雑そうだな」

「『シャンゼリゼ』より競争は激しいでしょうね。どんな方法であれ、より多くのリソースを稼いだ探偵の上位七名が、『フロンティア』からランクを与えられるわけですから」

「まさに長者番付ってわけか」

「ですです。あ、もうすぐ駅に着きますけど、お食事はどうします？」

「特に希望はないな。灯華はなにがいい？」

「天雷区の駅前においしいパン屋さんがあるらしいので、できればそこがいいです！」

「よし、じゃあ向こうに着いてからにしよう」

そんな感じでゆるーく予定を決め、駅構内に入って電車へと乗り込む。

車内で立ったまま揺られること数分。

凛音がいれば今日も車移動だったのかな――なんて考えているうちに、電車が停まった。

「まだここじゃないですよ」

「はいよ」

邪魔にならないよう少し端に寄って、何げなく、降りていく人々を眺める。

——眺めていると。

「あ」

席に座っていたスーツ姿の赤髪の女性が、立ち上がった瞬間になにか落とした。

サイズ感からすると、定期か、カード類か、社員証？

いやまぁ、なんでもいい。あれくらいの長方形の物体は大体失《な》くすと困るものだ。

落下地点まで数歩動いて拾い上げる——が。

「あの……」

呼び止めようとした瞬間に、ドアは無情にも閉まってしまった。

結果的に俺の声だけが彼女に届き、向こうはそれに気づいて振り返ってくれた直後、ドアの傍に立っていた俺の手元を見て現在の状況を把握したようだった。

「……マズいですね」

彼女は無表情のまま目を見開き、ツカツカと電車に近寄ってきて、両手をドアの隙間《すきま》に差し込んでこじ開けようとする。

「いや、さすがにそれは無理……」

ぐぐぐ、と力を込めてはいるが、当然ビクともしない。

「それがないと困ります。もし差し支えないようでしたら、このままガラスを割ってもよろしいでしょうか？」

「よろしくない。絶対にダメだ」

「でしたら――あっ」

タイムアップ。

電車が動きだしたため、彼女は車両から離れざるを得なくなった。

「……遅かったか」

「眷属さん、どうされたんですか？　なんか、ドラマの別れ際《ぎわ》みたいでしたけど……」

「なんでもない、ただの落とし物だよ」

こうなると、灯華が電車のドアをすり抜けて渡しに行くか、凛音に時間を戻してもらうかの二択だが――当然後者だな。

その前に一応、落とし物の確認をしておこう。

これがただのポイントカードとかだったら凛音も協力してくれないだろうし。

そう思って目を落とすと。

「名刺、か」

――リリス・カレンデュラ【絶対領域】――

つい先ほど、灯華が口にしていた名前と同一の人名。【究明証《ライセンス》】まで記載してあるとなれば同姓同名の別人という線も薄い。

まさか、『フロンティア』の〈ランク６〉と同じ電車に乗り合わせていたとは。

俺はポケットからスマホを取り出し、凛音へ電話をかける。

――――♪　ピコン。

『……はい、どうしたの』

スマホ越しに気《け》だるそうな少女の声が聞こえてきたので用件を伝える。

「あのさ、ちょっと一分前に戻してくれない？」

『……？　なんかあった？』

「今、電車に乗ってるんだけど、そこで〈ランク６〉の人が落とした名刺を拾った」

『あぁ……リリスね。あの子、しっかりしてるように見えるけど、自分のことに関しては無頓《むとん》着《ちゃく》だから、そういうとこあるのよ』

「知り合いなのか」

『元同僚だしね。……ま、リリスのなら貰《もら》っといてもいいわよ』

「そういうわけにはいかないだろ。これから会う約束をしてるんだ」

『ふぅん、あの子が担当なの。なら、衣坂の時より安心だけど、衣坂の時より気をつけなくちゃね』

「……言ってることが真逆だぞ、どういう意味だ」

『リリスは私たちの敵ではないかもしれないけど、向こうから見ればこっちは敵に映るかもしれないってこと』

「あー、つまり……」

灯華同様、俺たちを敵だと認識させられてる可能性がある、と。

『リリスはそういう隙を晒《さら》すタイプじゃないわ。あの子は真面目《まじめ》だから、多分、アンタは普通に疑われると思う。敵だろうと味方だろうと油断しないことね。もしあの子に不意を衝《つ》かれたら、私に連絡する間もなく死んじゃうわよ？』

「……え、そんなに危険な人なの？　戦闘部門の探偵でもないのに？」

『戦闘部門の探偵だったのよ。リリスは元々『ニライカナイ』に所属してたの。だけど……いや、いいわ。とにかく、今日会う人間は誰一人、簡単には信用しないこと』

「うーん。まぁはい」

『納得のいってない返事ね。人を疑うことに対して気が進まないのは分かるけど……アンタのためを思って言ってるのよ？』

「わかってるよ、オカン」

『誰がよ！』

キレた。

電話ではなく彼女が。

『ていうか、なんでわざわざ電話してきたの？　後でリリスに会うなら、その時に返せば？』

「それはほら、お前の声が聞きたかったから」

『強引に機嫌を取ろうとしないの。本当は？』

「向こうは俺のことを知らないからな。めちゃくちゃ困ってる感じだったし、今頃すごい焦《あせ》ってると思う。だから一秒でも早く返してあげたい」

『………』

ポイントを稼ごうとしていたことが見透かされていたので本心を白状すると、なぜか電話の向こうが静かになった。

「凛音?」

『ん、まぁ……いいわ、アンタのそういうところ、嫌いじゃないけど』

「ならさっさと戻してくれ。ちょっと話し込んだから、一分じゃなくて二分な」

『分かってるわよ。……はぁ、せっかく髪がいい感じに結べたところだったのに、またやり直しじゃない……まったくもう、しょうがないんだから』

そう言って、玖条凛音は遡行《そこう》する。

その丹念に結い上げたであろう——銀色のツインテールを惜しみながら。

←

「……戻ったか」

電車が駅に停車していることを確認してリリスの方を見ると、彼女は既《すで》に席を立つところだった。

改めて観察してみると、身長は俺より少し低いくらい。逆に年齢は少し上、大学生くらいだと思われる。

そんな彼女が、立ち上がった瞬間になにか落とした。

サイズ感からすると、定期か、カード類か、社員証か——名刺だろう。

急ごう、のんびり拾っていては間に合わない。

「灯華、来い」

「はい？　え？　あれ？　眷属さん？」

俺はすぐさま名刺を拾って車両の外へ飛び出し、リリスを見失う前に呼びかける。

「あの、これ」

「……？」

彼女は背後から声をかけられて不思議そうに振り返ったが、俺の手元を見てすぐに状況を察したようだった。

「ありがとうございます。これを紛失したら大変なことになるところでした。なんとお礼を申し上げていいやら」

多大なる感謝を述べているものの、その表情は真顔のまま一切変化しない。

彫刻のように整った西洋風の顔立ちに、背中のあたりまで流れる深紅《しんく》の髪。

感情が読めないその冷徹さも相まって、まるで本当に作り物のようである。

「眷属さん、どうしたんですか？　いきなり降りちゃって……」

「ごめん。ちょっと落とし物を届けに」

「落とし物？　この方にですか？」

「……む、これはこれは」

俺を追って電車を降りてきた灯華を見て、リリスはその背筋をピンと伸ばし、それから、まるで礼儀作法のお手本のような角度でお辞儀をする。

「ご無沙汰《ぶさた》しております、衣坂様。リリスの至らなさを痛感させてしまったこと、深くお詫び申し上げます」

「……はい？」

「あわや機密情報の漏洩《ろうえい》危機……このような失態を犯しておきながら憚《はばか》られますが、どうかご容赦を。本日の案内役、チェンジはなしでお願い致します」

「ちょ、ちょっと待ってください……いきなりなんです？」

灯華は事態を飲み込めずポカンとしている。

当然だな、説明してあげよう。

「この人は『フロンティア』の〈ランク6〉、リリスだ。これから会う予定だったろ」

「え、あ、この方がリリスさんなんですか？　ど、どうも、初めまして」

「………………？」

灯華からの自己紹介を受け、今度はリリスが首を傾《かし》げた。

おそらく困惑《こんわく》していると思われるが、表情の変化がないので推測しづらい。

「あの、衣坂様……リリスのこと、覚えていらっしゃいませんか？　早見様の件で、つい一昨日もお会いしたのですが」

「え？　あ、私とですか？」

「はい。調査のためにビルへ立ち入る際、リリスが同行いたしました」

ということは……二日前に灯華が会った『フロンティア』の幹部というのは彼女か。

いいね、これはそれなりの収穫が期待できる。

しかし――今はそんなことより灯華がピンチだ。

「リリスの拠点は天雷区の近場にありますので、僭越《せんえつ》ながら今回も同行させていただく運びとなりました」

「あー……そうなんですねぇ……も、もちろん覚えてますすとも……」

と、気まずそうに口元を引きつらせる灯華。

彼女と会った部分の記憶を消されているせいで、人の顔を覚えてないすげー失礼な奴みたいになってる。

不憫《ふびん》だ。

「あの、リリスの見識が行き届いておらず大変申し訳ないのですが、この名刺を届けてくださった、そちらの方は？」

「玖条凛音の眷属だ。よろしく」

「お嬢……ああいえ、玖条様の……？」

驚き――あるいは困惑。

いずれにせよ、そこでリリスは僅《わず》かに、ずっと固定されていたその表情に変化を見せた。

眷属、という言葉にではなく、玖条凛音の、という部分に対してである。

「それはつまり、玖条様の側近、というような認識で間違いないですか？」

「そうだな、助手みたいなもんだ」

「そうですか……かしこまりました。では眷属様、以後お見知りおきを」

「眷属様……」

なんかすごい組み合わせだな。生きてて初めて聞く響きだ……。

「衣坂様、眷属様、この度《たび》は本当にありがとうございました。あの、これは失礼を承知の上でのご提案なのですが、リリスの不手際《ふてぎわ》を帳消しにしていただいた埋め合わせをする機会を、どうか与えていただけないでしょうか」

と、リリスは今までより一層畏《かしこ》まった雰囲気で――俺たちに申し出る。

「約束の時刻まで、まだ少しあります。もしよろしければ――ぜひ、我々のお店で歓迎させてください」

←

お店。とリリスは言った。

そりゃあ、具体的に「○○です」と言っていない以上、そこがどんな場所であろうと、その言葉に嘘偽《いつわ》りはないわけだが。

「「「おかえりなさいませ！　ご主人様！」」」

その一言だけで、数多《あまた》のメイドさんに出迎えられることになると予想できる人間は、果たしてどれくらいいるのだろうか。

赤いカーペットが敷かれた荘厳《そうごん》な玄関口には、手前から奥まで、右も左もメイドさんがずらーっと立ち並んでいる。

メイドさんに歓迎されているというこの状況はどこかメイドカフェっぽいが、ここの外観はカフェというより城と言った方が正しい。

呼び名をつけるなら、メイドカフェではなくメイド城である。

「『シャンゼリゼ』からのお客様です。ＶＩＰルームへお通ししてください」

「かしこまりました！　では、こちらへどうぞ！」

「お二人方とも、どうぞごゆっくりお過ごしください。リリスは正装に着替えて参りますので、少し外します」

「ああ、わかった……」

笑顔の素敵なメイドさんに案内され、俺たちはベルトコンベアに乗せられたかの如《ごと》く、あれよあれよという間に奥の客室へ通された。道中、中庭まであった。

「では、リリス様がいらっしゃるまで少々お待ちを！　失礼いたします、ご主人様♡」

「あ、どうも。…………すげぇなここ」

明るさの抑えられた照明が落ち着いた雰囲気を演出している豪奢《ごうしゃ》な室内には、ラウンドテーブルを取り囲むようにして、半円形の大きなソファがいくつか置かれている。

なにここ。何屋さん？

「リリスさんの拠点はレストランなんですよ。それもかなり高級な」

「見た目は海外の城郭《じょうかく》みたいな感じだったぞ。駅から歩いてて城が見えてきたときはマジでびっくりした」

「高級なお寿司屋さんは、雰囲気のために店構えを和風にしますよね？　それと一緒で、ここはヨーロッパのお料理に合わせるため、こういうデザインになってるわけです。海外のなんとか城？　っていうところをモチーフに建築されたとか」

「なに一つヒントがないな」

国も城の名も不明とは。

会話が迷宮入りしたので、一息つこうとソファに腰を下ろす。

うお、めっちゃフカフカ。

「眷属さん、隣、失礼します」

「いや、こんだけ広いんだから他のとこに——おい」

有無を言わせず、灯華は俺の真横に座ってきた。

少し身動《みじろ》ぎすれば肩が触れそうな近距離である。

「お前は俺の彼女か」

「今はまだ友達でーす」

「……なに、どうした」

「すみません、盗み聞きされてない保証がないので、あまり大声で喋《しゃべ》るのはマズいかなと思いまして、横に」

「リリスを警戒してるのか」

「だって、少し引っかかりません？　私にはあの方に会った記憶がないのに、向こうは覚えてるじゃないですか」

「でも仮にリリスが敵だとしたら、ターゲットに違和感を持たせるような言動はしないと思う。挨拶《あいさつ》したらお互いの記憶が食い違ってることがバレるわけじゃん」

「そうなんですよねぇ、そこが謎です。あの方のこと、眷属さんはどうお考えですか？」

「俺は大丈夫だと思うよ」

「どうしてです？」

「うーん、疑う理由よりも、疑わない理由の方が強いから」

灯華との記憶の齟齬《そご》は確かに引っかかるが、なにより重要な判断材料は俺への反応だ。ホームで会った時の彼女のリアクションは明らかに初対面だった。

灯華が現れるまで、俺を究明機構の探偵だとすら思っていなかったようだし――どう考えても、早見諫早《いさはや》の姿を知る者ではない。

従って、主犯格の可能性は低い、というわけだ。

ただ、この考えを彼女に説明することはできないので。

「まぁ、なんとなくかな」

こんなふうに、能天気に締めることしかできない。

「もー、なんですかそれ。もっと真面目に考えてくださ——むむ」

コンコン。

不意に部屋の扉がノックされたことで、灯華は話を中断した。

「お待たせ致しました。リリスです」

「あ、どうぞ」

噂をすればなんとやら。

先ほど正装に着替えてくると言っていたので、それが完了したらしい。

彼女は『フロンティア』の〈ランク6〉。この城の主《あるじ》であるということは、その役職は女王様にあたるわけで、ならば当然、さぞかし威厳のある装束《しょうぞく》に身を包んでくるに違いない。

そう、思っていたのだが。

「——失礼します」

ドアを開け、ゆっくりと入室してきた彼女を見て、軽く思考が停止する。

……メイドさんだ。

先程まで全て下ろされていた鮮やかな赤髪は、清潔感とオシャレさを両立するかのようにハーフアップで纏《まと》められており、白を基調としたフリル付きの給仕服は、スカートが彼女のヒールを隠してしまいそうなほど長く、貞淑《ていしゅく》なイメージを抱《いだ》かせる……のに対して。

逆に、上半身の胸元は大胆に露出されている。

そして、なにより。

さっきまではカッチリしたスーツ姿だったのでまだ抑えられていたが、この格好だとどうしても、その圧倒的なスタイルを実感することになる。

……デカいな。いや、変な意味じゃなくて、純粋に人体の神秘として。

「ようこそ、『フロンティア』第6支部、『レディ・メイド』へ。改めましてご挨拶を。本日の案内役を務めさせていただきます、リリス・カレンデュラです」

深々と。

リリスは自身の敬意を最大限に表さんとして頭を下げる。

気持ちは嬉しいが、こうも胸元がオープンな状態でそんなに前屈《まえかが》みになられると……。

「春属さん?」

「見てないって」

「まだ何も言ってませんけど」

「……なんて言うつもりだった?」

「やっぱり男の人は、大きいおっぱいが好きなんですか?」

「…………」

「沈黙は肯定とみなします。凛音さんに言いつけますよ?」

「やめて、なんでもするから」

照明が暗いせいか、一瞬リリスの眼がどこか剣呑《けんのん》なようにも見えたが、灯華にじゃれつかれたことにより、それ以上、特に気には留《と》めなかった。

「……あの、お取込み中でしたか? お食事がまだとのことでしたので、お料理をお持ちしたのですが」

「いただくよ。もうお腹《なか》がペコペコなんで」

旗色が悪いのでリリスの話に乗り換えてみる。

ま、実際に二人とも空腹だしね。

「かしこまりました。では、入れてください」

リリスが手を軽く打ち鳴らすと、廊下から大人数のメイドさんたちがたくさんの料理を運んできて、代わる代わる、次々とテーブルへ並べていった。

サラダにステーキ。見事な焼き目のついた魚の切り身。カゴ一杯のパン。

ざっと四人くらいで食べに来ているような量である。

「多くない? これ、かなりの料金になるんじゃ……」

「お代は結構です。こちらはリリスからの謝礼ですので、どうぞご遠慮なく」

「いや、でも……」

「眷属さん、ありがたくいただきましょう。こんな機会はまたとないですよ。『レディ・メイド』は予約が取れないレストランとして有名なんです！」

灯華は目をキラキラさせてこちらを見てくる。

そういえば、昨日の夕食のときもこんな目をしてた気がする。食いしん坊め。

「えっと、じゃあ、お言葉に甘えて……」

灯華と共に手を合わせ、揃って「いただきます」を言ってから、テーブル一杯の高級料理に目を向ける。

うーん、どれから食べようかなぁ……。

「眷属様、本日のオススメはこちらです」

そう言って、リリスは大皿に盛られていたエビ料理を小皿に取り分け、そのまま俺の隣に着席する。

そしてエビを一尾フォークで持ち上げ、俺の目の前に差し出した。

「はい、あーん」

「…………」

メイドカフェかここは。

あと、そんな真顔で言うな。

「恩人である眷属様には、リリスのできうる最大限のおもてなしをさせていただければと思います」

「気を遣《つか》わなくていい。普通に自分で食べるから」

遠慮して断りを入れると、リリスはキリッとしたすまし顔のまま自虐的に言う。

「そうですよね。『シャンゼリゼ』の精鋭である眷属様が、リリスのような愚かなメイドに給仕されていいはずがありません。思い上がりました」

「いや、そういう意味じゃなくて……」

「まずはお食事の間、その視界に入ってもよいか、許しをいただくべきでした……」

「いただきます」

気まずさに耐え兼ねたので食べた。

おいしい。

「お口に合われたのならなによりです」

……悪い奴じゃないんだろうけど、マジで感情が読み取りづらい……ていうか、近い。

右隣の灯華はまだ肩が触れそうな程度で済んでいるが、リリスとは既に肩が触れているし、なんなら胸まで当たっている。

名誉のために言っておくが、これは百パーセント向こうの過失だ。リリスの胸のサイズ感のせいでこうなっているわけであって、凛音ならこの距離でも当たりはしない。

――――♪

……なんかスマホが鳴ってるけど無視しよ。食事中に電話に出るのはマナー的にも良くないし。

「灯華、もうちょいそっちに移動してくれない？」

「このお肉おいひーです！　パンもフワフワで、胃が一個じゃ足りないですよ！」

「……聞いてないな」

夢中で食べてらっしゃるのでもう放っておこう。

ＪＫとメイドさんに挟まれて食事するのは落ち着かない。

多分、人類で俺が初めて気づいたんじゃなかろうか。なんとも嫌な発見である。

「では眷属様、もう一口どうぞ」

「どうも」

下手《へた》に断るとまたヘコんでしまうので、とりあえずもう一口だけ食べさせてもらい、リリスの意識を「あーん」から逸《そ》らそうと話を振ってみる。

「あのさ、すごい単純な疑問で申し訳ないんだけど、究明機構の探偵って、わざわざ名刺に【究明証】を記載する必要ってある？」

「といいますと？」

「ああいうふうに紛失することもあるわけだし、リスクしかないんじゃないかと思って」

「はい、眷属様の仰《おつしや》る通り、合理性を突き詰めれば【究明証】の情報は完全に秘匿《ひとく》しておくのが正しいです。しかしあくまで、究明機構は多くの人間によって構成されている組織。なので、多少の不完全さは残しておくべきなのです」

「……？」

「リリスのような不束《ふつつか》な者が意見を述べるのは憚られますが、究明機構の探偵にとって、自分の名刺を渡すことは信頼の証《あかし》でもあります。相手に対して、自らのトップシークレットである【究明証】を、ほんの一部分とはいえ、明かす覚悟を示すわけですから」

それこそ今回のように、とリリスは言葉を続ける。

「面識のない探偵同士が共に仕事をする場合、大抵、お互いに素性《すじょう》の分からない相手を警戒しています。組織内での裏切りなどが、ありえない職場ではありませんので」

「……ああ、そうだな」

それを聞くと、無意識に早見諫早のことが頭をよぎる。

究明機構の探偵は、お互いに相手を出し抜く力を持ち合わせていて。

本来、それは対外の悪に向けるためのモノなのだろうが——まぁ、何事にも例外はある。

「なので、そういった懸念《けねん》を少しでも解消すべく、【究明証】の能力名は、あえて名刺に刻むことを義務づけられているのです」

「ふぅん。なるほど、な」

「あの、そういうことですので、先程拾っていただいた身で厚かましいのですが、お近づきのしるしに、リリスの名刺を受け取っていただけますか？」

「あー……もちろんいいけど……」

「？」

今の話の後だと、言いだしづらいなぁ。

一枚だけ持ってはいるが、アレはあげられるような代物《しろもの》じゃないし……。

「俺、今は名刺を持ってなくて、受け取るだけになっちゃうけどそれでもいいなら」

「そ、そうですか……はい、構いません」

「ごめんな。信用してないから渡したくないとか、そういうことじゃないから」

「どうかお気遣いなく。眷属様の名刺を頂ける日が来るまで、リリスは身を粉にして奉仕を続けますので」

「いや、本当に持ち合わせてないだけなんで……」

謎の意気込みを見せるリリスから貰った名刺を、軽く一瞥《いちべつ》してポケットにしまう。

――リリス・カレンデュラ【絶対領域】――

なんともまぁ、抽象的な言葉である。

なんの知識もない俺にしてみれば、絶対領域という言葉はただ、女子のスカートとニーハイソックスの間に生まれる「神域」を連想させるだけだ。

……なんでこんなことだけ覚えてるんだろ。凛音のせいかな。

それにしても――

この仮面をつけているような無表情系クールビューティガールは、どうしてメイドさんをやっているのだろうか。理由が気になる。

「なんでリリスまでメイドの格好をしてるか、訊《き》いてもいい？」

「理由、ですか？」

「ああ、この城で一番偉いなら、リリスはいわゆる女王様的な立ち位置じゃないのか？」

「城という居住空間において、メイドを統括《とうかつ》する者は王族ではなく、メイド長です。リリスは第六支部のトップなので、部下に率先して規範となる姿を見せたいと思っています。それと、単純に趣味です」

「そういうことか、それでメイドの格好を――え？」

前半は現場主義の立派な理由だったけど、最後はよくわかんなかったぞ？

「しゅ、趣味っていうのは？」

「言葉通りです。リリスはメイドが好きなのです。数年前、まだ日本に来て日が浅い頃、仕事中に迷って立ち入ったメイドカフェで大歓迎を受けました。あの文化は素晴らしいです。感激しました。なので自分もなってみました」

「へぇ……まぁ、趣味と実益が同時に満たされるのはアドだよな」

リリスから発せられた思わぬ言葉により、俺の相槌《あいづち》は無残にから回った。

自分でもなに言ってんのか分からない。

「……あの、眷属様」

「ん？」

「長々とリリスのお話に付き合っていただきありがとうございます。もうお邪魔は致しませんので、どうかお食事の方を。そろそろ召し上がっていただかないと……衣坂様が」

「え？　……あぁ、そうだな」

リリスに促されてテーブル上を見ると、既に空《から》のお皿がチラホラ出始めていた。

あれだけあったのに、もうけっこう減ってる……。

「灯華、そんなに食べて大丈夫か？」

「問題ないです！　こんなにおいしいといくらでも入っちゃいます！」

「あっそう。なら別に止めはしないけど……太るぞ」

「わー、聞こえないですー。あ、このチャーハンもおいしそー！　半分こにしましょうね！」

「…………」

多分パエリアだろ、それ。

ここが欧州の料理を専門にしてるなら、少なくとも中華ではないと思うよ。

←

同日、午後一時。天雷区のビル。

本来の予定時刻より少し遅れてしまったが、無事に目的地に到着した。

ここで早見に関する新たな情報を発見できれば僥倖《ぎょうこう》だが、あくまで本日の我々の目的は灯華の記憶を消した人物の特定である。

リリスはそれに繋がるかもしれない重要な存在。調査の間にさりげなく、二日前のことを探っていこう。

「こちらです、どうぞお入りください」

俺と灯華はリリスに先導され、まだ無人のビル内へと足を踏み入れる。

完成後は商業ビルになるというだけあって、中は多くのテナントが入れる自由度の高い造りになっていた。

商業施設としてまだなんの色もついていない建物内は、非常に無機質な印象を受ける。

そして外と変わらないくらい寒い。

「工事はほぼ完了していますが、まだ電気は通っていませんので、上階へ向かう場合は階段、もしくはエスカレーターを徒歩にて上ることとなりま――くしゅんっ」

リリスは口元を抑え、可愛らしいくしゃみをした。

そりゃくしゃみの一つも出るよ。だって冬にする格好じゃないもん。

まったく。

「これ着てな」

俺はコートを脱ぎ、それをリリスに羽織らせる。

「お気遣いありがとうございます。しかし、メイドにコートはふさわしくないので……」

「確かにそういうイメージはないけど、別にアウターを着てるメイドがいてもいいさ」

「あ、ありがとうございます……では、しばしお借り致します」

そう言って、リリスはペコリと頭を下げた。

うん、今度はお辞儀をされてもなんら問題ない。

目のやり場にも困っていたのでちょうど良かった。

「眷属さん、私もちょっと寒いです」

「走れ」

「なんか私への対処は雑じゃないですか!?」

「スカートが短いのは俺じゃどうしようもない。現場まで走れば温まるさ」

「早見さんが見つかったのは四階ですよ……食後の運動としてはハードすぎます……」

「はいはい、いいからもう行くぞ」

近場にエレベーターが見えはしたが機能していないらしいので、エスカレーターを階段代わりに上り、俺たちは四階を目指す。

その途中。

「──あの、一つ質問をしてもよろしいでしょうか?」

と、先頭を歩いていたリリスがこちらを振り返った。

彼女はそのまま前方を確認することなく、器用に後ろ向きでエスカレーターを上りながら俺の答えを待つ。

「……質問は別にいいけど、前を向いてないと危なくないか?」

「お気遣いなく。ゲストである眷属様に背中を向けてお話しするわけにはいきませんので」

「ああ、そう……じゃあ、クエスチョンをどうぞ」

「ありがとうございます。では、つかぬことをお訊きしますが、お嬢……こほん、玖条様はお元気ですか？」

「え？　あぁ、うん。元気だよ。十分すぎるくらい」

「最近、なにか変わったご様子は？」

「変わった様子か……それはちょっと分からないな、まだ知り合ったばかりだから」

「そうでしたか。玖条様とどのような形でお会いしたか、お訊きしても？」

「担当してる仕事の都合で、一緒に動くことになった感じ」

「そう、ですか……随分《ずいぶん》と気に入られているのですね。短い付き合いにもかかわらず、側近を任されるとは」

そこで、リリスはどこか複雑そうな反応を見せる。

いやまぁ、俺の返答が味けなかったせいで会話が途切れかけてるだけなんだけど。

この気まずさを打ち破るべく、今度はこっちから話題を提供してみよう。

「そういや元々、リリスはあいつと同僚だったんだよな？」

「はい。『フロンティア』に在籍されていた頃は、よくチェスのお相手を務めさせていただきました。ボードゲームはリリスもそれなりに得意なのですが、玖条様からは一度も白星をいただけませんでした」

「あいつはそういうの強いだろうなぁ……なにせ『待った』を使い放題――ご主人様は世界一

可愛くて美しいです」

「そ、そうですか。……強固な信頼関係が築かれているようで、なによりでございます」

「…………」

俺が唐突に凛音を褒《ほ》めたたえたので、軽く引かれた。

あー……これもダメなんだ。厳しいな。

ある意味、遡行よりも強力な【魔女】の力に恐れおののいていると。

「――到着いたしました。こちらです」

そう言って、彼女はくるりと前方を向いてエスカレーターを上りきる。

世間話をしているうちに、俺たちはオシャレなフォントで「No.4」と表示されたフロアに辿《たど》り着いた。

「4F」という表記じゃないところを見るに、最新鋭の施設というのはこういうところでもエッジを利《き》かせてくるらしい。

それが行きすぎると、トイレの男女マークが分かりづらくなったりするんだよね。

「……ここか。パッと見た限りでは、何の変哲もないな」

ここで殺人事件があったと言われても信じられないほど、フロアは整然としている。

「一帯は既に清掃されていますからね。ヘルアイラさんが発見した時点では、エスカレーターを上がってすぐの、ちょうどこの辺りに倒れていたそうです」

「なるほど。だが血の跡はともかく、争った形跡すら見当たらないが……」

何の痕跡も残さずに殺害が可能な【究明証】が存在すれば、理屈は通ってしまうのか。

それでも順当に考えると、別の場所で事が起きたという可能性も当然ある。

「私は、早見さんは殺害された後にここへ運び込まれたと推理します。あの方が抵抗する間もなく敗北するという状況は考えにくいので」

「お待ちください。事件究明の専門である『シャンゼリゼ』のお二人にこのようなことを述べるのは大変恐縮なのですが、少々、意見を申し上げてもよろしいでしょうか」

どこまでも遠慮がちに。

俺たちの会話を静聴《せいちょう》していたリリスが、恐る恐る割って入る。

「早見様が発見された当初は、入り口からここまで血痕が続いていました。死亡後に運び込まれたのであればそのような痕跡は残らないので、早見様本人が自力で移動していた可能性が高いのではないでしょうか」

「入り口から血痕が？　けど、そんなこと灯華は一言も——ああ、いや」

そうか、灯華が記憶を消されていても、こうしてリリスの方が覚えている場合もあるのか。うまく話を合わせないと。

「えっと、早見がこのビルに入ってきたときには、もう出血してる状態だったってことは、誰かから逃げていた、ってことになるよな？」

「はい。おそらくは」

「だけどそうなると、追い詰められた状態で貴重な体力を使って、わざわざ逃げ場のない上階に向かう理由が分からないな」

そこに意味を見出《みいだ》すとすれば。

このビル自体が、早見諫早の目的地だった――とか。

「あの――少しよろしいでしょうか、衣坂様」

今まで以上に感情の乗っていない冷徹な声で。

リリスは灯華へ問いかける。

「今、お話しした件、眷属様はご存じないのですか？　その、情報の共有などは？」

と、さすがにこちらの状況に対して違和感を持ってしまったらしい。

「失礼ですが、今の一連の受け答えは、先日の調査内容を把握しているとは思えず……」

「あぁ、えぇっと、眷属さんにデータファイルを送るのをすっかり忘れてました！　忘れっぽいんですよね、私。だから事件の情報もちょっと抜けちゃってたのかも……？」

「……そうですか。では、あの件について――衣坂様はどう思われますか？」

「え？　あ、あの件とは？」

「二日前の調査でお会いした際、衣坂様が最も懸念していらした、あの件です。この場で今一度、あれについての推察を聞かせていただきたいです」

訝《いぶか》しむような目で、リリスは俺と灯華を見つめる。

その視線は、同じ組織の人間に向けられるソレとは――少し違っているように見えた。

「えっと、あの、その……」

もちろん、灯華が彼女の言う「あの件」とやらを覚えているはずはない。

ただ、それを問い詰めてきているということは、リリスは灯華の記憶を消した人物ではない
――つまり、究明機構の敵ではないはずだ。

ないはずなのだが、向こうの立場になって考えると、この流れは俺にとってかなりマズいものになっている。

「答えられないということは、なにか事情がおありのようですね」

「リリスさん、私、その……」

「はい。リリスは衣坂様を疑ってなどおりません。リリスが疑念を持つとすれば――」

すぅぅ――と。

微《かす》かな殺気を伴った瞳が俺に向けられる。

「それは貴方です。眷属様」

「…………」

まぁ、そうなるよなぁ。

二日前に会った灯華の記憶があやふやになっていて、その横には素性の分からない人間が同伴しており、早見諫早の発見された場所を調べたいと言っている。

凛音の言う通り、端《はた》から見るとめちゃめちゃ怪しいわ、俺。

「……眷属さん。私のこと、もう全部正直に打ち明けた方が良くないですか?」

「ああ、そっちの方が良さそうだ」

「では私から説明しますね。……リリスさん、聞いてください」

灯華はまっすぐにリリスを見つめ、彼女へ訴えかける。

「私は今現在、何者かによって記憶を部分的に消されています。二日前にリリスさんとなにを話して、どうやって『シャンゼリゼ』まで戻ったのか、よく覚えていないんです。夜、自宅に着くまでの記憶が抜けていて……」

「なるほど、そちらから見れば、リリスも十分に怪しいというわけですね」

「ああいえ、そういうことじゃなくて、このままだと同士討ちみたいになっちゃうってことを言いたくて……！」

「衣坂様の言い分、リリスには真偽を判断しかねます。……これはあくまで噂ですが、『シャンゼリゼ』には記憶を消す【究明証】を持った探偵がいると聞き及びます。諜報に関する組織ですから、在籍していても不思議ではありません」

「眷属さんがその【究明証】を持った裏切り者だって言いたいんですか？」

「あくまで可能性の話です。眷属様、ここを訪れたのは、まだ見つかっていない証拠を隠滅するためなのでしょうか？　そして、衣坂様の次はリリスの記憶を？」

「違う。灯華の記憶を消した奴は別にいる、俺じゃない」

「では、眷属様の身の潔白を証明してください。先程の食事中、部下に眷属様のことを調べさせましたが、何一つ情報が引っかかりません。差し支えなければ、お名前を頂戴《ちょうだい》したいです」

「な、名前は、ちょっと……」

それだけは口が裂けても言えない。

「早見様の事件に関わることを許されているのは、『シャンゼリゼ』、『フロンティア』、『ニライカナイ』、それぞれの幹部、計二十一名のはずです。ナンバー持ちでもない、究明機構の記録にもデータがない。眷属様、貴方は一体——何者なのでしょうか？」

リリスはまだ構えてこそいないものの、その雰囲気はあからさまに警戒態勢。

な、なにか俺自身のことを証明できる物は……そうか、物じゃなくて人なら。

「凛音に電話させてくれ。俺が弁明するより、あいつの言葉の方が信憑性《しんぴょうせい》があるはずだ」

「それが可能であるというのなら、待ちますので、どうぞ」

「感謝する」

急いでスマホを取り出し、凛音へと発信する——が。

————♪

出ねぇ……。

取り込み中か、はたまた、さっき無視したのを怒っているのか。

どちらにせよ状況が悪化したことは確実である。

「これでハッキリしました。玖条様の側近というのは体《てい》のいい肩書きだったということですね。本人が不在なら代理という形で、ナンバーがなくともここに侵入できますから」

「いや、それは完全に誤解で——」

「眷属様は人選を間違えられました。他の方ならいざ知らず、よりによってリリスの前で玖条様の名前を出すとは。あの方が他人を傍に置くことなど――ありえないというのに」

何も分かっていない、とでも言いたげに。

つい数秒前まで「警戒」だったリリスの気配は、ついに「敵対」へと変化した。

彼女はゆっくりとコートを脱ぎ、それを俺に放り投げて渡す。

「このコート、初めは【究明証】の発動に関する行動かと思い危惧《きぐ》いたしましたが、どうやら本当に気を回してくださっただけのようですね。ありがとうございました」

「どういたしまして。まだ着ててくれてもいいんだが」

「そういうわけには参りません。リリスはこれより眷属様を制圧し、その身柄を確保しなくてはならないので」

「…………」

マズいな。

拘束されたとしても俺からは何一つ説明できない。そうなると余計に怪しまれるし、最悪、名刺が見つかって早見の情報が洩れてしまう可能性だってある。

となると絶対に捕まるわけには――

「戦う気なら構えた方がよろしいかと。リリスは手加減が得意ではありませんので。【絶対領域】――展開」

その瞬間、リリスの紫色の瞳が淡く輝いたように見えた。

ように見えたという曖昧《あいまい》な表現になってしまうのは、直後に彼女が思いっきり床を蹴って跳躍したからである。

目測で五メートルは離れていたにもかかわらず、その距離をジャンプ一回で詰められた。

なんだこの身体能力、こんなの常人じゃ不可能――

「はあっ！」

「っ!?」

空中から振り下ろされたリリスの右腕をすんでのところで躱《かわ》し、コケるようにして後ろへ倒れ込む。

バゴォッ！

床が砕けた。

リリスの拳が炸裂した地点を中心に、まるでバトル漫画のように。

「おいおい、なんだあの威力……!?　直撃してたら死んでるぞ！」

「申し訳ありません、出力が強すぎました。少し緩めなければ……少々お待ちを」

と、リリスはなぜか追撃をする前に自身のメイド服の乱れた裾《すそ》を直し、その際に取り出した白い薄手の手袋を装着し始めた。

な、なんで今お色直しを……いや、考えるのはよそう。まずはこの場から離れなくては。

「灯華、行くぞ！」

「え、あ、はい……！」

俺は呆然としている灯華の腕を引いてすぐ近くのエスカレーターへなだれ込み、数段飛ばしで駆け下りていく。

「ついてこれるか！」

「問題ないです！　もー！　凛音さんはなんで出ないんですかー！」

「一緒に自撮りでも撮っとけば良かったな……！」

　謎の後悔の念に駆られつつ、俺たちは三階を通過して二階に到達。そこからさらに下へ向かおうとした瞬間。

　スタッ――と。

　四階からエスカレーターを通らず、吹き抜けをショートカットして降ってきたメイドが、こちらの逃走経路を塞《ふさ》ぐようにして、一～二階間のエスカレーターに着地した。

　本当にもう、ウソみたいな身体能力である。

「余裕ですね、戦いの最中にお喋りとは」

「そっちこそ、悠長に手袋なんかはめてなければもう決着はついてたと思うが」

「致し方ありません。殺害してしまっては情報が聞き出せませんから」

「そんな、ボクシングのグローブ感覚で言われてもな……」

　どう見てもただの手袋じゃん……。

「眷属様、抵抗しても無駄です。降伏をオススメいたします」

「申し訳ないが断る」

「そうですか。……衣坂様、眷属様の素性は不明瞭です。同行するのは危険かと」

「私は凛音さんと眷属さんが一緒に行動しているところを見てます！　眷属さんは本当に凛音さんの部下なんです！」

「記憶を刷り込まれ、そう思い込んでいるだけ可能性は？」

「本当なんです！　今朝だって、眷属さんは凛音さんの髪を乾かしてあげてました！」

「……は？　いま、なんと？」

「だから、眷属さんが凛音さんの髪を――」

「やはり衣坂様の記憶は正確ではないと推察いたします。ありえません。あの人見知りのお嬢様が、リリス以外の人間にそのようなことを許すわけが……！」

明確に憤《いきどお》りを露《あら》わにして、リリスはエスカレーターを駆け上がってくる。

ここを下りれば出口のある一階だが――真正面からやりあって勝てる相手ではない。

俺たちはリリスと反対方向にダッシュし、ひとまず距離を取る。

「どうする灯華。なんか地雷だったっぽいぞ」

「わ、私はただ眷属さんの潔白を証明しようと……いえ、言い訳してる場合じゃないですね。こうなったら強引にでも落ち着いてもらうしかありません！」

「まさか……戦う気か？」

「はい。眷属さんが私にやってくれたように、無力化します」

「ダメだ。危険すぎる」

「ふふ、私は〈ナンバー7〉なんですよ？　『シャンゼリゼ』においては眷属さんより私の方が目上なんです。上司への返事は『イエス』のみで」

「風通しの悪い組織だな、灯華先輩……」

「『シャンゼリゼ』はアットホームな職場です♡　なので眷属さんは安心して、後ろから見てくださいね」

「あ、ちょっ……！」

灯華先輩は急ブレーキをかけて俺と距離を置き、リリスを迎え撃つべく振り返る。

それから少し遅れて俺も立ち止まったが、すでに彼女はリリスと接敵寸前。下手に割って入れば足手まといになりかねない状況だった。

俺たちは今、エスカレーター付近の開けた空間から、まだシャッターの下りている、将来的には多くのテナントが立ち並ぶ通りまで後退している。

ここなら確かに、【泥棒猫】を使いやすそうだが……。

大丈夫かなぁ。俺は正直、自分が勝てる未来がまったく想像できなかった。

「さぁ、私がお相手しますよ！」

「衣坂様を傷つけたくはありません。お下がりください」

「お断りです！」

灯華先輩は猛スピードで突っ込んできたリリスの勢いを殺すべく、その場で一回転して、威力の増した回し蹴りを放つ。

リリスはそれを難なく受け止め、彼女の足を掴もうとするが――

「甘いです！」

灯華先輩はさらに体を捻《ひね》り、軸足《じくあし》にしていたもう片方の足で二発目を撃った。

さすがにそれを受けきることはできず、シャッターに叩きつけられるリリス。そんな彼女に間髪《かんはつ》入れず、灯華先輩はポケットから手錠を取り出しつつ接近。

そして、拘束攻撃に対応しようとしたリリスの手首に手錠をかけ、その勢いのままジャンプ。鮮やかなサマーソルトの軌跡を描いてメイドの頭上を飛び越し、彼女はシャッターの奥へとすり抜けた。

灯華先輩を目で追うリリスが振り返った時、そこにいるべき彼女の姿はなく、その一瞬の動揺は、勝負を決定づけるだけの隙《すき》になり得《う》る。

……少なくとも、俺の時はそうだったのだが。

「ふむ、お見事。……ですが」

リリスは一切動揺する様子もなく。

抑揚のない声色でそう言いながら、つけていた手袋を口で外した。

なんだ、さっきつけたばかりなのにまた――

バキッ！

「…………」

信じられないかもしれないが、手錠が壊れた音である。

まるで子供用のおもちゃみたいに、リリスは両手を繋ぐ鎖の部分を引きちぎった。

そして。

「申し訳ありません。衣坂様の実力を見誤りました。少し手荒になりますが――制圧させていただきます！」

リリスが右腕を思いっきり振りかぶり、渾身《こんしん》のストレートをシャッターに打ち込んだことによって。

壊れた。

防犯や安全を第一に設計されたステンレス製のシャッターが、破れるような形で。

結果、その向こう側にいた灯華（超驚いてる）の姿も露わになる。

「ギャーーーー！　なにしてんですか!?」

灯華は大慌《おおあわ》てでテナント側から通路側へ飛び出し、俺の方へ走ってくる。

「眷属さんごめんなさーい、万策尽きかけてますぅ……！」

「いいさ、灯華が無事でなによりだ」

「言葉は優しいですけど呼び方から尊敬の念が失われていますね!?」

うん。

それはまあ。

「――実力の差は、これでご理解いただけたかと」

手首に残っていた手錠を強引に取り外し。

リリスはこちらへと向き直る。

「どうか、お怪我をなされないうちに降伏を」

「いやいやいや、まだまだですよ、ロープで縛ってグルグル巻きにすれば――」

「通じません。衣坂様の【究明証】は、初見殺しとしては破格の性能を誇ります。本来なら両手だけでなく、完全に身動きが取れない状態になっていたのでしょうが、あいにく、リリスは存じ上げておりましたので」

「はい？　存じ上げげって、それじゃまるで、私の能力を知っていたみたいじゃないですか？」

「左様でございます。相手が悪かったのです。『シャンゼリゼ』の【泥棒猫《シュレディンガー・キャット》】」

「……うそ」

リリスの口から発せられた「シュレディンガー・キャット」という言葉を聞いて、灯華の顔から余裕が消えた。

「ど、どうして私の【究明証】のフルネームを？　だ、誰にも言ったことないのに……」

彼女は動揺を隠せず、ブラフを張ることもなく素直に質問する。

それに対し、リリスは真摯《しんし》に回答を述べた。

「実は、一昨日の深夜、『シャンゼリゼ』の〈ナンバー7〉を名乗る人物からメールが届きました。『早見諫早を殺害した容疑者として、玖条凛音を警戒せよ』と」

「…………」

リリスにも灯華と同じような手回しがされていたのか……。

何者かが凛音の周りに網を張り――まるで漁のように、それを少しずつ狭めている。

「私、そんな連絡してません！」

「しかし、その文面に、【泥棒猫】のフルネームが記載されておりました。究明機構に属する探偵にとって最重要機密である【究明証】、そのフルネームの完全開示。そこまでされたからこそ、リリスはこのメールを信用に足るものと判断しました」

「信じちゃダメです、その連絡は早見さんを殺《あや》めた何者かが私の名義を利用しています！」

「それが可能な人物がいるとすれば――」

言いつつ――リリスは視線を俺に移す。

「……俺じゃないって。もしお前に『凛音が犯人だ』って連絡をしてるなら、俺はあいつの部下だと名乗ったりしない」

「ですがリリスには、眷属様が自身の情報を何一つ明かさない理由が理解できません。ここまで疑われている以上、潔白なら何かしら身も証《あかし》を提示すると思うのですが」

「それは本当にそう思う。同感だ」

けど無理なんだよねぇ。

どうするかな……。

「眷属さん、こうなっては埒《らち》が明かないです。ひとまず外に逃げて、どうにか凛音さんと連絡を取りましょう」

「でも一階へ降りるエスカレーターはリリスの方向にあるぞ」

「衣坂様。申し訳ないのですが、リリスはお二方を逃がす気はございません」

「いーえ、こっちは逃げる気満々ですから。ここは二階ですよ。私の能力が全部分かってるなら——もっと焦ってもいいんじゃないですか？」

「……？」

「フルネームがバレてるならカッコつけて叫んじゃおうかなぁ？　【泥棒猫《シユレディンガー・キャット》】——潜《もぐ》っちゃえ！」

いたずらっぽい笑みを浮かべて、灯華が力強く足踏みした瞬間。

何とも言えない浮遊感と共に俺たちの身体は床を透過した。

そうか、床をすり抜ければそのまま一階に——

「……いや高っ！」

商業ビルの天井から床までのフリーフォールは、一歩間違えれば大怪我《おおけが》する高さだった。

「うまく着地できないと思ったら膝《ひざ》から落ちてください！　命は助かります、多分！」

「そんな怖いアドバイス聞きたくない！」

全身に力を込め、どうにか受け身を取ることに成功。

肩や腕が痛むが、折れてはいないようなので御《おん》の字である。

「よっと」

「…………」

鈍《にぶ》い音を立てて着地した俺とは違い、灯華は猫のごとく華麗に降り立った。

そしてすぐさま、リリスが追ってこれないよう、胸元から引き抜いた手錠に【泥棒猫】を使い天井の透過を解除する。

「さぁ逃げますよ！」

「ちょっと待って、いってぇ……」

痛む身体に鞭《むち》打ちながら、俺は灯華と共に入り口を目指して走りだす。

その安全性はともかく、彼女が機転を利《き》かせてくれたおかげで助けられた。

「ナイス。いい能力だな」

「眷属さんも【究明証】使ってくださいよ！　バレるのが嫌なら私は目を瞑《つぶ》ってますから！」

「俺のは使い物にならないよ」

文字通りの意味で。

誰か【楽園】のフルネームを教えてくれ。

なんて。

会話をしながらも全速力で走ってはいた。

決して悠長なスピードではなかったはずなのだが——それでも。

「——行かせません」

俺たちの前に先回りする形で、リリスは追いついてきた。

自身の速度を殺さないため、二階からのエスカレーターに一段も足をつくことなく飛び降りるようにして。

高価そうな床のタイルをヒールのかかとでガリガリと削りながら——滑り込んできた。

「あー！　やっぱり追いつかれました！　さっきまでの動きを見てたらなんとなく察しはついてましたけど！　パワーに加えてスピードもあるってズルじゃないですか!?」

「もう正面は無理だな。外壁を抜けて外に出るのはどうだ？」

「横移動の場合、あんまり厚い壁はすり抜けられないです！　下手したら壁の中に埋まっちゃいますから！」

「そうか――じゃあやるしかないな」

「やるしかないって、戦って勝つのは無理ですよ！」

「分かってる。だから閉じ込める」

「と、閉じ込め……!?」

「説明してる時間はない。俺が合図したら【泥棒猫】を使ってくれ」

「わ、分かりました！」

急ごしらえの一発勝負な作戦だが――この場だからこそ成立する可能性がある。

俺はルートを変え、入り口から少し逸れた方向に向かう。

「逃がしません！」

当然、猛スピードで俺たちを追跡してくるリリス。

そんな彼女に追いつかれる前に――辿り着いたのはエレベーターの前。

「よし、頼むぞ灯華。ここをすり抜けられるようにしといてくれ」

「了解です！」

扉の直前で立ち止まり、観念したふりをして戦闘態勢を取る。

「来い、リリス。俺の【究明証】を披露《ひろう》してやる。一撃で終わらせるぞ」

「使われる前に制圧いたします！」

俺が仰々《ぎょうぎょう》しく必殺技っぽいモーションを取ったことにより、リリスは勝負を急いで飛び掛かってくる。

一歩間違えれば死ぬぞ……うまくやれよ自分。

彼女の飛び膝蹴りが命中する寸前で――俺は体を捻って回避行動を取った。

「！」

ここで本来なら、リリスはエレベーターの扉に激突するわけだが、この扉は今、灯華の【究明証】によってすり抜けられるようになっている。

なので。

スルッと、リリスはエレベーターの箱の中に姿を消した。

「今だ、解除！」

「はい！」

灯華が胸元のリボンに触れて【泥棒猫】の対象を移したことにより、扉は本来の頑丈さを取り戻す。

中から扉を叩く金属音が聞こえてくるが、先程のシャッターとは厚さが段違いだ。

通電していないエレベーターは、いうなれば極厚の檻《おり》である。

「チェックメイトだ、リリス」

「……素晴らしい。どんな窮地《きゅうち》に陥《おちい》っても諦《あきら》めない心。眷属様は理想的な探偵です」

「これのどこが探偵の業務なんだ……何度も言うが、俺はお前の敵じゃない」

「……誠に勝手ながら、リリスは」

扉の向こうで。

呟くように、彼女は言う。

「リリスは玖条様を疑いたくはありません。なので消去法で、眷属様が敵であってほしいと、思ってしまいます」

「…………」

「眷属様とは少し意味合いが違いますが、かつて玖条様は、リリスにとってもご主人様と呼ぶべき存在でした」

「……仕《つか》えていたわけか」

「はい。お仕事のサポートや身の回りのお世話を、僭越《せんえつ》ながら任せていただいておりました」

片やメイドで片や眷属とは、同じ「ご主人様」でもえらい違いだ。

「だからか。たまに凛音のことをお嬢様って呼んでたのは」

「お気づきでしたか。お恥ずかしいです。昔の癖《くせ》が無意識に出てしまうようで」

「長い付き合いなのか？」

「はい、お嬢様が小学生の頃からお世話になっていました。あの方がいなければ、今のリリスはありません」

そんな会話の最中《さなか》にも、断続的に扉を叩く音が聞こえてくる。

「俺があいつの知り合いだということすら疑われてる状態で言うのもなんだが……このまま仲良く凛音の思い出トークを続けるわけにはいかないだろうか」

「……これは、お二方の言葉が真実だと仮定した場合の質問なのですが、眷属様は、お嬢様とチェスで対局されたことがおありですか？」

「いや、一度もないんだけど……この答えって、多分マズいよな」

「はい。お嬢様がチェスに興じるのは心を許した相手とだけですから」

「……正直に答えた潔《いさぎよ》さみたいなものを、好印象として加点してくれない？」

「そう、ですね。リリスにも眷属様を信じたい気持ちはあります。この数時間で感じた限り、もしかすると本当に、眷属様は邪悪な方ではないのかもしれません。……なので、どうしてもそれを証明したいと仰《おつしや》るのであれば、この場で実行可能な提案が、一つだけ」

「聞かせてくれ」

「リリスに勝ってください」

「……勝つ？」

「リリスのような不束者《ふつつかもの》をあしらえない方に、お嬢様の側近は務まりません。【魔女】の眷属を名乗るのであれば――勝利をもって、その実力を証明してください。あなたがいればお嬢様に害が及ぶはずはないと、お嬢様が道を踏み外すようなことはないと、この愚かなメイドに分からせてください」

「そ、それなら、既にこうして動きを封じてるわけだし、条件は満たしてるんじゃ？」

「いいえ、眷属様はずっと距離を取るばかりでリリスを攻撃しようとはなさいませんでした。そんな方に打撃を加えるわけにはいきませんでしたので……」

「じゃあ今までは全然、本気じゃなかったと……？」

「はい。ここで真っ向勝負を受けてくださるのであれば、リリスも全力を出します」

彼女がそう言った後、びりびりと、なにか布が破けるような音がして。

動くはずのないエレベーターの扉が、音を立てた。

ギギッ、ギギギ、ギギギギギギィ――

エレベーターの扉を力ずくでこじ開けた……!?

「……マジで？」

「――ふう、さすがにキツいですね、これは」

鈍い音を立てて開いた檻の中から現れたリリスは、額《ひたい》の汗を拭《ぬぐ》って一息つく。

彼女の足元まであったロングスカートは、太ももの辺りで生地《きじ》が裂けており、なんとも先進的なデザインのミニスカートへと変貌している。

「…………」

なんて強敵だ。探偵としての範疇外《はんちゅうがい》だな。

週刊連載されてる漫画の敵を想起させるこの強靭《きょうじん》っぷり。このメイドが俺にとってのラスボスである可能性すら出てきた。

ここまで距離を詰められた以上、逃走は不可能――覚悟を決めるしかあるまい。

ポケットからスマホを抜き出し、灯華に預ける。

「戦ってる間、凛音にかけてくれ。出るまで鳴らしといていいから」

「眷属さん無茶です！　今の見ました？　死んじゃいますよ!?」

「そしたら凛音に『眷属は死にました』って言っといて」

「ま、待ってください。なら、私も一緒に戦います！」

「ダメだ。俺が勝たないと証明にならない」

「で、でも……」

「大丈夫だから」

涙目で腕を掴んで引き留めようとしてくれている灯華に、俺は言う。

「俺の実力は、実際に戦ったお前が一番知ってるはずだ」

それに。

「上司の命令には絶対服従。それが『シャンゼリゼ』のルールだろ？」

「……え？」

「じゃ、行ってくるから」

俺の言葉で灯華の気が逸れた隙に、彼女の手を振りほどいて突撃する。

「どちらかが戦闘不能になるか、降参したら決着だ！　それでいいな？」

「構いません、どうぞよしなに」

リリスは戦闘条件を承諾《しょうだく》して、その右腕を振りかぶる。

こっちは一発でも当たったら命の危機が確定してしまう。決して踏み込まず、受け身で慎重にいこう。

ここはまず、リリスの右ストレートを避けて――

「！」

はやいって！

回避が間に合わず、咄嗟《とっさ》に腕を交差してガードを試みる。

が、その直後にとてつもない衝撃を受け、十数メートル後ろの入り口付近まで吹っ飛ばされた。三回転ほど無様に床を転がって、もったいないのでその勢いを利用してスタイリッシュに起き上がる。

背後には大きな柱が一本そびえており、あと一秒起きるのが遅れていたらと思うとゾッとする。

「……死んだかと思った」

灯華へ「離れておけ」と言うつもりだったが、その必要もなくなってしまった。

彼女にはカッコつけて啖呵《たんか》を切ったものの――どうしたもんかな。

あのパワーがある以上、このまま身体を押さえ込んでも制圧はできない。

となると――勝利条件として【究明証】の無効化は必須《ひっす》か。

「──棒立ちでよろしいのですか！」

「ぐっ！」

猛スピードで詰めてきたリリスの打撃を横に飛び退《の》いて躱す。

彼女の拳が叩きつけられた柱は、発砲スチロールで製作したセットのように表面の部分が砕けた。

「危ないわマジで……！」

【絶対領域】というからには、特定の場所や環境で、あの凄《すさ》まじいパワーが発揮できるということだろうか。

だが【究明証】の名前から能力を推察するのは非常に難しいと思われる。【魔女】や【泥棒猫】がいい例で、どちらもその名前だけでは時間遡行や物質透過には辿り着かない。

よって、俺が判断材料にできるのは──状況証拠のみ。

既にかなりの距離を移動しているし、場所や範囲ではないと思うが──

「反撃はなさらないので？」

「一撃必殺タイプなんでね、俺は」

反撃代わりにリリスへ言葉を返しながら、その連続攻撃をギリギリで凌《しの》ぐ。

回避に専念してようやく、どうにか、戦いの体裁《ていさい》を保っている状態だ。

急げ、長くは持たないぞ。

注目すべきはその格好だ。まず、電車で会った時はメイド姿ではくスーツだった。

最初に俺を攻撃した際、その威力の高さを自省するような発言をした後、なぜか手袋をはめた。けど、その後すぐ外して、灯華の手錠を破壊した。

そして。

エレベーターの扉を開く前に、自らスカートを破った。

以上のことから推理すると、彼女は「露出している肌の面積が多いほど身体能力が向上する」という仮説が成り立つ。

仕事の最中は露出度の高いメイド服を着用していて、戦う前に俺のコートを律儀《りちぎ》に返却したことや、スーツ姿では電車の扉を開けられなかったことも、この説を裏付ける。

けど……そんな能力ってありえるの？

いやいや、時間を戻せる奴がいるんだから俺の常識を持ち出すのはやめよう。事実だけを並べて完成した推論は、たとえどれだけ信じ難《がた》いものであろうと真実なのだと、かのシャーロック・ホームズも言っていた。

「……試してみるしかないな」

俺はわざと隙を作り、大振りの攻撃を誘う。そして、狙い通りに右フックを打ってきた彼女の腕を掴み、その攻撃の勢いを利用して背負い投げを——

「甘いです、眷属様」

「うおっ!?」

完全に投げが決まる体勢だったのに、それを耐えるどころか逆に振り払われた。

まるでハンマー投げのごとく吹っ飛ばされてしまったが、おかげで距離が空いたので死角である柱の陰に逃げ込む。

「打つ手がないなら、降参されては？」

コツ、コツ、コツと、リリスは甲高《かんだか》い足音と共にこちらへ近づいてくる。

マズいぞ……彼女の【究明証】を看破《かんぱ》したかもしれない、それはいい。

でも、どうやって服を着せればいいの？

現状、順序がどうしても「無効化↓制圧」ではなく「制圧↓無効化」になってしまう。

迅速《じんそく》に、あの目のやり場に困る格好をどうにかしないと命はな――

「眷属さーん！」

「！」

リリス攻略のために頭をフル回転させていると、エレベーター前から移動してきた灯華に遠方から呼びかけられた。

なぜか俺のスマホを縦《たて》に持ってこちらへ向けている。

「凛音さん出ました！　ただ、その、繋がりはしたんですけど、状況を説明したら『私の眷属が負けるはずないから、ビデオ通話にして遠巻きから眺めていなさい』って……」

「いやいやいや！　戦わずに済むように直接説明してくれよ！」

「そう言ったんですけど、『新旧配下対決に水を差すのはナンセンスよ』と」

「センスより人命だろ！　音量もっと上げろ！　凛音本人と話したい！」

「『衣坂、上げなくていいわ。いいから早く勝ちなさい。ていうか、勝負事で男が女に負けるなんてありえないから』と言っています」

「時代錯誤もいいとこだな!?」

時間戻しすぎて感覚バグってるんじゃないかあいつ!

「『真剣勝負を引き受けた以上、中断するのは無礼というものよ。私はアンタを応援してるわ。勝つまでリトライしていいからね?』だそうです」

「一度決めたことは最後まで投げ出さずにやりなさいってか。……わかったよ、オカン」

「……ん、はい? 『今すぐ音量をマックスにして』ですか?」

「上げなくていいぞ。もう戦うから!」

着ていたコートを脱いで片手で持ち、俺は柱の陰から飛び出してリリスへと突っ込む。

ビデオ通話で状況を見てるってことは、ここからは【魔女】の加護でトライ&エラーが許される。

「なにやらお話しをされていましたが……あれは本当にお嬢様なのですか?」

「あいつの声が聞こえないから寒いお芝居に見えてるかもしれないけど、本人だよ」

けどまぁ、冷静に考えてみると、俺の持っている端末で電話が繋がったところで、それが加工や捏造《ねつぞう》じゃない保証がどこにもないし、正直、リリスにとって信用に値《あたい》するかどうかは微妙なところである。

なので結局は、直接会うのが一番手っ取り早い。

「だからお前を凛音のところに連れていく！」

「先程から回避だけで精一杯の眷属様が、リリスに勝利するのは難しいかと」

「どうかな！」

突進で距離を詰めた俺を仕留めるべく放たれた、リリスの右ストレート。

俺はそれに合わせるようにコートを構え、彼女の腕にその袖《そで》を通す。

「ッ!?　なにを……！」

「よし、このまま左も――」

「させません！」

「ぐはっ！」

彼女の左腕で繰り出された打撃が、空いていた脇腹にクリーンヒットした。

服を着せることを最優先に動いている以上、当然、初見《しょけん》では避けられない。

想像を絶する衝撃と痛みにより、呼吸さえ満足にできなくなる。

……だが覚えた。次はうまくやれるさ。

「いってぇ……！　これ折れてるわ絶対……凛音！」

←

次の瞬間、俺はコートを持ってリリスに突っ込んでいた。

まぁ、厳密には前の瞬間なんだけど。

「あー……なんかまだ痛い気がする」

遡行によりダメージはリセットされても殴られた記憶は残っているので、あれをまた喰らったらと想像してしまう分、二度目はより怖い。

「……三度目が来ないことを祈るばかりだな」

突進で距離を詰めた俺を仕留めるべく放たれた、リリスの右ストレート。

俺はそれに合わせるようにコートを構え、彼女の腕にその袖を通す。

「ッ!?　なにを……！」

「よし、このまま左も――」

「させません！」

「させてもらうよ！」

リリスの左腕による打撃を避け――カウンター代わりにコートの袖を左にも通す。

いいぞ、これで両手の露出は抑えられた。あとは羽織らせるだけだ。

「この行動……ま、まさか眷属様……！」

戦闘中に相手からコートを着せられるという意味の分からない行為に対し、リリスが困惑ではなく動揺するということは――

「当たりか。さすがにあれだけの情報があれば見当もつくさ」

「なるほど……さすがは『シャンゼリゼ』の探偵――ですが！」

リリスは左足を軸にして、自身の右足を思いっきり蹴り放つ。

両手を使った反撃を警戒していた俺はそれに反応できず、見事に顎《あご》を蹴り上げられた。

「ぐあっ！」

彼女のすらっとした長い脚から放たれるキックは、その華麗さとは裏腹に殺人的な威力を伴っている。

両手に袖を通していなかったら、おそらく顎が砕けていた。

……うわ、頭がクラクラする。もう立ってられないわ。

床に倒れ込む間際《まぎわ》、再び【魔女】へ援護を求める。

「戻してくれ……ご主人様」

←

再三着せたはずのコートをまた持った状態で、俺はリリスに突っ込んでいる。

三度目だな。まぁこれくらいは覚悟していた。

これ以上、脳内で「痛み」のレパートリーを増やしたくはない。今回で絶対に決めるぞ。

「もうサクサクいくからな！」

突進で距離を詰めた俺を仕留めるべく放たれた、リリスの右ストレート。

俺はそれに合わせて彼女にコートの袖を通し、反撃しようとした左腕にも同じく、余裕で、まるでスタイリストのように袖を通す。

さすがに慣れてきたな。あとは羽織らせるだけ。

「この行動……ま、まさか眷属様……！」

「当たりか。さすがにあれだけの情報があれば見当もつくさ！」

「なるほど……さすがは『シャンゼリゼ』の探偵――ですが！」

リリスは左足を軸にして、思いっきり右足を蹴り上げる。

その攻撃範囲は前回と寸分違《たが》わないため、俺は仰向《あおむ》けに上半身を反《そ》らして回避。

しかしリリスは、そのまま攻撃を中断することなく、自身の右足をさらに高く振り上げた。

なるほど。

蹴り上げからスムーズにかかと落としへ移行するとは、なかなかやるな。

だが、今の状況ではいささか隙が大きすぎる。

時を戻すまでもない。このまま軸足を払えば俺の勝ち――

「……ッ！」

足払いのために姿勢を低くした瞬間、身体が僅かに硬直した。

忘れていた、危惧《きぐ》すべきだった。

今の彼女のスカートはただでさえ際《きわ》どい丈《たけ》だというのに、その状態でここまで、ほぼ垂直に片足を振り上げたとなれば――

見えてしまう。

見たわけじゃない、目に入っただけだ。

それでも結果的には、動揺で一瞬、動きが止まってしまった。

それは、赤のレースの――

ドゴッ。

「ぐえ！」

脳天に直撃したかかと落としによって俺の思考は中断。まるで煩悩《ぼんのう》を打ち払う除夜の鐘を撞《つ》くかのように、そのまま地面へと叩きつけられた。

ヒールを履《は》いていらっしゃるのでその硬度のぶん痛みは増すが、裸足《はだし》だとそれはそれで【絶対領域】により威力が向上するので、どちらにせよ大ダメージは避けられない。

「詰めが甘かったな……凛音、もう一回頼むわ」

あぁ、頭がズキズキする………って、あれ？　戻らないぞ？

「……凛音？」

地面にうつぶせで倒れたまま首だけを曲げて灯華の方を見ると、彼女は【魔女】の言葉を代弁してくれた。

「『ただの布きれに気を取られた罰として、ちょっとだけ苦しみなさい』と言っています」

「なるほど、ね」

見事に、なぜ避けられなかったか見破られていた。

ついでに、リリスも複雑そうな顔でこちらを見下ろしている。

「いや、覗いたわけじゃないんだって……」

「……？　なんのことでしょうか？　それより、その頭の傷――」

「とにかく名誉挽回の機会をくれ、ご主人様」

「『別にいいけど、疲れてきたから次はかかと落としの直前に戻すわ。いい？　これが最後のチャンスよ？』だそうです。……あの、これってどういう意味なんですか？」

「……さぁね」

←

一瞬にして。

視界は移り変わり、リリスの蹴り上げを避けた直後まで戻った。

俺は彼女の隙を衝くべく、姿勢を低くし足払いのモーションに入る。

もう同じ失態は繰り返さない。

心頭滅却《しんとうめつきやく》！

俺は心を無にして、布面積が小さいワインレッドカラーのところどころに繊細なレースが施《ほどこ》されたソレには一切心を惑《まど》わされず、軸足を蹴り払う！

「あっ……！」

唯一《ゆいいつ》の接地箇所を失い、リリスは体勢を崩した。

【絶対領域】無効化のため、俺は倒れ込もうとする彼女を支え、コートを羽織らせる。

「お、おやめください、眷属様！　いやっ、ダメ……！」

「着せてる時に脱がされてる時の反応するな！」

そんなに顔を赤くして暴れられると、本当にイケないことをしてる気分になってくる。

冤罪《えんざい》で誤解で濡れ衣《ぎぬ》なのに！

「くっ、あう……！」

リリスは必死で抵抗しているものの、既に身体のほとんどがコートで覆《おお》われているためか、先程までの圧倒的なパワーは発揮できないらしく易々《やすやす》と押さえ込めている。

「まだです、リリスはまだ……！」

「いいや、もう決着をつける！　お前は負けるんだ！」

「ようやく攻撃する気になられましたか。ですが、たとえどれだけ痛めつけられようと、リリスは決して諦めは——」

「誰が暴力を振るうと言った。構えろ、最初はグー！」

「……はい？」

「じゃん、けん！」

「……え、え？」

「ぽん！」

強引に勝負を仕掛けた結果。

リリスはグーで、俺はチョキ。

「…………」

じゃんけんで勝ったから、この勝負は俺の勝ちだな、みたいな、紳士感のあるカッコイイムーブをやりたかったんだけど、普通に負けてしまった。恥ずい。

静まり返る屋内に、灯華の冷ややかな声が響く。

「『締まらないわねぇ』と、凜音さんが」

「……うるせぇな」

「ちなみに私もそう思います」

「重ねてうるせぇよ。凜音、さっさと戻せ」

←

「じゃん、けん！」

「……え、え？」

「ぽん！」

今度こそ、リリスのグーを俺のパーが鮮やかに打ち破った。

突然の勝負に敗北した彼女は、自分の手を呆然と見つめている。

「あ……」

「見ての通り、これで決着だ」

リリスを押さえ込んでいた腕から力を抜き、俺は彼女から離れる。

「こ、これはただのじゃんけんです……リリスはまだ一撃も、眷属様から攻撃されていません」

「する気がなかった。よっぽどの緊急時以外、俺は女子に手を出さない主義だ」

もうコートは脱がさないし、脱いでほしくもない。

実質的にチェックメイトということで、投了してもらいたい。

「余計なお世話かもしれないが、あんな格好で戦ったら全身すり傷だらけになるぞ。だからといって防具をつけたら弱体化するし、そもそも、お前は戦いに向いていない」

「あ。その、言葉……」

そこでリリスは驚いたような反応をして、軽く目を見開く。

「どうした？」

「……今のお言葉、昔、お嬢様にも同じことを」

「凛音に？」

「はい。当時、助手を探していたお嬢様から、リリスは性格も【究明証】も戦いに向いていないから『フロンティア』に来なさいと誘われました」

「それで、『ニライカナイ』から異動してきたわけか」

「ご存じでしたか。ええ、家事や料理は意外と力仕事が多いのです。そこでリリスは初めて、自分の【究明証】が戦闘以外にも役立つことを知りました。『ニライカナイ』では戦闘のスキルを叩き込まれ、活躍を期待されていましたが……いくら慣れようとしても、いくら相手が悪人だろうと、その、人を傷つけるということが、どうしても苦手で……」

「…………」

今の言葉で、これまでのことが腑《ふ》に落ちた。

あれだけのパワーとスピードがあれば、本来、俺たちは一分もかからずに制圧されてしまうはずなのに——そうならなかったのは。

逃げる俺たちに何度も何度も降伏を促していたのは。

かかと落としを当てて喜ぶどころか、むしろ辛《つら》そうな顔をしていたのは——それでか。

「この【究明証】を知った人間は、全員、決まってリリスを『ニライカナイ』へ置いておきたがります。実際、自分でも能力的な適性はあそこだと思うのですが……それでも、眷属様はそんなリリスへ、お嬢様と同じ言葉をかけてくださいました」

感謝いたします、と。

深くお辞儀をして、ゆっくりと顔を上げるリリス。

「……ふふ」

笑っていた。

自身にもう敵意がないことを表すために。

不慣れなことが見て取れるぎこちない笑顔で、彼女は笑っていた。

「こちらは全力だったというのに、眷属様は相手の身を案じる余裕までおありだったとは。初撃以降は掠《かす》りもしませんでしたし、これだけの実力差があっては勝負になるはずもございません」

と、それまで力強く握っていたグーを解いて、彼女は——

「——参りました」

リリス・カレンデュラはそう言った。

……あぁ、やっと終わった。

あらぬ誤解から発展した激闘が、ようやく幕を閉じたのだ。

祝日にしたいくらい嬉しい。

「眷属さーん！」

リリスが臨戦態勢を解いたのを確認して、灯華が嬉しそうに駆け寄ってくる。

「やりましたね！　すごいです！　まさか【究明証】を見破って無力化するなんて！」

「なに、たまたまだよ」

「謙遜《けんそん》しないでくださいよぉ、本当にすご——あれ、眷属さん鼻血出てますよ？」

「え？　あぁ……本当だ」

「ほぼ無傷だったのに、どうして鼻血が？」

「……【究明証】の副作用だな、これは」

多分、時を戻しすぎて脳に負荷がかかったのだろう。やれやれ、危険な能力だ。

決して、遡行によりパンツを二度見たことが原因ではない。それは確実。

そんなことより。

「凛音はどうした？」

「あー、戦いが終わったら切れちゃいましたよ。伝言を預かってます。『電話越しに話しても意味ないし、ウチに連れてきなさい』と」

「やっぱそれが一番いいか。リリス、この後、予定大丈夫？」

「ええ、はい。空《あ》いております。本日はもう一件、夕方よりヘルアイラ様の立ち入り調査の護衛も務めるはずでしたが、なにやら急用らしく、明日に変更となりましたので」

「ヘルアイラもここに来ようとしてたのか。なら一緒に来ればよかったな」

「それはおそらく難しいかと。機密保持のため調査の人数は最小限で、とのご希望でしたので、衣坂様とは時間をずらし、同行するのはリリス一名のみの予定だったのです」

「ヘルアイラさんは情報リテラシーの鬼ですからね。これだけ重大な事件の場合、ナンバー持ちはともかく、それ以外の部外者は締め出しですよ」

「俺は部外者ではない」

めっちゃ関係者。被害者Aだから。

←

「おかえり、とりあえず入って――」

「お嬢様！」

ガバッと。

そして、ぎゅーっと。

凛音が玄関を開けるなり。リリスは彼女へ抱きついた。

「ご無事でしたかお嬢様、早見様が亡くなられたと聞いて、リリスは不安で不安で仕方ありませんでした。何者かの凶弾《きょうだん》がお嬢様をも狙っているのではと危惧《きぐ》し、夜も眠れず……！」

「……わかったから離れて。苦しい」

「申し訳ありません」

謝罪の言葉を述べたものの、リリスは凜音に巻きつけた腕を緩めようとはしない。

「ねぇ、興奮して私の声が聞こえないならまだ分かるけど、聞こえてるのに放さないのはなんで……?」

「申し訳ありません。あぁ、この匂い、このお声……」

「だからそれ!『嫌です』とかならまだしも、謝ってるのに放さないのはなんでなの!?」

「お前に会えて嬉しいからだろ。寒いから先に中入るぞ。感動の再会が済んだら来てくれ」

「お邪魔しまーす」

抱きつかれて身動きの取れない凜音を横目に、俺と灯華はリビングへ向かう。

後ろの方から、「リリス!　苦しい、力込めすぎ!」とか、「お嬢様、大きくなられて……」など、心が温かくなるようなやりとりが聞こえてくる。

うんうん、あいつもたまには体を張った方がいい。

で、ソファに座って五分くらいくつろいでいると、だいぶ疲れた様子の凜音がリリスを引き連れてやってきた。

「今度から、私に会う時はマスクとマフラーと手袋も用意しとくのよ……」

と、肌の露出を極限まで避けるように命令しながらやってきた。

リリスの抱擁《ほうよう》がよっぽど応《こた》えたらしいが、ある意味自業自得《じごうじとく》である。

「お前が一緒に来てれば、こんな厄介なことにはならなかった」

「どうかしらね。リリス、もし私が同行してたらアンタはどうしてた?」

「事件の渦中《かちゅう》にある『シャンゼリゼ』へ身を置くのは危険なので、たとえ強引にでも保護をして、リリスの拠点に滞在していただいたかと」

「ほらね。結局、ああいうことになってたと思うわよ？」

「…………」

愛が重い！

「申し訳ありません。リリスが愚鈍《ぐどん》なばかりに眷属様たちを疑ってしまい、結果として不要なお時間を取らせてしまいました」

「いいんだよ。悪いのは怪しさ満点だった俺の方だ」

それに、収穫がなくとも得るものはあった。

出会ってからずっと無表情だったクール系メイドの、可愛らしい笑顔が見れたんだから――

今日はそれで十分だろう。

たとえ早見の情報が何一つ得られなくても――

「あ、そういえば」

心の中で非常にカッコイイ感想を呟き、それに浸《ひた》っていると、灯華がなにやら思い出したように両手をパンと叩いた。

「今日、ビルでのゴタゴタが起きる前にリリスさんが私に訊いた、『あの件』って、結局なんだったんですか？」

「お答えいたします。それは、あのビルで見つかった早見様の遺品についてです」

「遺品、ですか？」

「はい。衣坂様は先日、あのビルの三階で早見様の名刺を発見されました。名刺には血液が付着しており、【究明証】の部分は読み取れませんでしたが……重要なのは、この名刺が四階への動線とはまったく関係のない場所で見つかったということです」

「あ、つまり早見さんは一直線に四階へ向かわず、しばらく三階にいた、ってことです？」

「ええ、おそらくは。それが何を意味するのかリリスには分かりかねますが、衣坂様が気に留めていらっしゃったので、リリスも印象に残っており、それを質問した次第です」

「ぜんぜん覚えてないですねぇ。早見さんの名刺も持ってないので、記憶を消されたときに取られちゃったのかもしれません」

「……ふむ」

収穫がなかったわけではないらしいが……。

あのビルはどの階も同じような構造だからな、まだテナントも入ってないし、差なんて生まれようがない。隠れるとしても二階の方が体力の消耗は少なくて済む。

となると、やはり三階じゃなければいけない理由があったと考えるのが自然だけど……。

まだ使われていない七階建てのビルの三階に、用事なんてある？

うーん……分からん。

ま、ひとまず今はリリスに俺たちの事情を説明する方が先だな。

3【※ただし探偵は天使であるものとする】

Premis
the detect
is the ang

いつものように○○の部屋へ入ろうとすると。

「……どいて」

ちょうど、彼女を訪ねてきていた銀髪の少女と入り口で鉢合《はちあ》わせた。

その目は涙でうるんでおり、今にも泣きだしそうな表情をしている。

「どうした、大丈夫か？」

「あの分からずやさんに、アンタからもなんとか言って」

「……？　どういうことだ？」

「知らない。こんなに心配してるのに取り合ってくれないなんて、アンタたちのことなんかもう知らないから！」

少女はそれ以上何も言わず、俺と目を合わせることもなく、足早に立ち去っていく。

「またなんか、あいつが余計なこと言ったのかな……」

彼女と入れ替わるようにして、俺は○○の部屋へと足を踏み入れた。

「――おかえりなさい、早かったわね」

○○は言う。
長い黒髪に――透き通るような白い肌。

そんなモノクロチックな彼女が窓辺《まどべ》に置かれた椅子へ優雅に腰かけているその姿は、まるで額に入れられた絵画を思わせる。

「頼んでたシャケのおにぎり、ちゃんと買ってきてくれたかしら?」

「買ってきたけど……それ一言目に言うようなことか。あいつ、なんて言ってた?」

「あぁ、ただの仕事の報告。殺されるそうよ、私たち」

「そんな他人事《ひとごと》みたいに言うな。大事《おおごと》じゃないか」

「だからそうならないために協力させてくれ、ですって」

「断ってよかったのか?　……悲しそうな顔してたぞ」

「あら、一緒に仕事したかった?　男の子の私は年下が好みなの?」

「ふざけんな。あいつの危機管理能力は『シャンゼリゼ』でも頭一つ抜けてる。どんな【究明証《ライセンス》】を持っているのか知らないが、そんな奴がわざわざ忠告に来るなんて、マジで危ないんじゃないか?」

「マジで危ないなら尚更、可愛い後輩は巻き込めないわよね?」

「だったらそう言ってやれよ。お前、どうせ『協力なんて必要ない。私だけで十分よ』とか言ったんだろ」

「一言一句同じ。よく分かるわね」

「当たり前だ。同じ人間なんだから」

「なるほど、ね。ならどうして私があの子を突き放したのかも分かってるくせに」

「それは……」

「万が一のことがあった時に、私が尊敬できる先輩のままだったらショックでしょう？　死んで清々するくらいじゃないとね」

飄々《ひょうひょう》とした態度で、○○はそう言う。

その言葉の意味するところが理解できてしまうのが、我ながら不愉快である。

簡単に死ぬなんて、言うな。

「まったく、元はといえば、お前が究明機構内の裏切り者の調査なんか引き受けるからだ。同僚ながら、どいつもこいつもその辺の悪党よりよっぽど恐ろしいのに」

「そんな危ない仕事、他の人には任せられないわ」

「……お前は本当に優しいな」

その優しさが――自分自身にも向けられればいいのに。

「余計なお世話よ。私は、私以外の人間が幸せならそれで幸福なの」

「俺もそう思うけどさ、凛音《りんね》の協力があれば死なずに済むかもしれないじゃん」

「ちゃんとその上で判断したわ。私はあの子の【究明証】を識《し》っているから」

「は……？　なんで？」

「さっき教えてくれたの。フルネームを」

「あいつ、お前に【究明証】の能力を全部明かしたのか？　相手の信用を勝ち取る最後の手段だぞ？　たった一人でも自分以外の人間にバラしたら、常に情報が洩《も》れるリスクがあるのに……」

それだけ本気だったということか。

であれば、凛音があの表情になるのも頷《うなず》ける。

自分の全てを打ち明け、そこまでしたのに断られたのなら、さぞかしショックだろう。

「でしょうね。この戦いを無事に生き残れたら、裸エプロン姿でお詫びに行かないと」

「死亡フラグなのをいいことに絶対やらないやつを言うな」

「貴方《あなた》が行くのよ？」

「死ぬより嫌ですけど!?」

「ふふ、じゃあやっぱり私がやるしかないわね。いっそのこと、常に百人くらいここに呼んでみる？　それだけいればさすがに安全かも」

言いつつ、○○は握った手の甲で空中をコンコンと叩き、【楽園】の『門』を開こうとする。

「やめろ。お前一人でも相手するの大変なのに」

「たくさんの美少女に囲まれるんだから、幸せでしょう？」

「それが他人だったらな」

「別にいいじゃない。私は、貴方も普通に恋愛対象なのだけど」

「……冗談だよな？」

「ふふ、秘密」

と、いつものように対応に困る冗談を好き勝手に言いつつも、彼女は。

いつものように「チェスをしましょう」とは言わず、先程からずっと、テーブルの上に広げたメモ帳に、何かを一心不乱に書いていた。

「……それ、なにしてんの？　お前普段、紙のメモ帳とか使わないのに」

「もしもの時の保険よ。誰かさんがこれを読まずに済めばなによりだわ」

「なんだそれ」

「気にしないで、日記みたいなものだから」

それからしばらく○○は黙々と作業を続け——一時間ほど経過した頃。

そこでいち段落ついたらしく、彼女は「ふぅ」と一息つきながらメモ帳を閉じ、最後にそのカバーを外して、露《あら》わになった表紙の部分にもペンを走らせ始めた。

……あんなとこになに書いてんだろ？

「私、漫画や小説のカバーの下に何かしらのおまけがついてるとテンション上がるわ」

「……なに急に。いや、同感だけどさ」

「あれって、何げなくカバーを外した時に思いもよらぬおまけが見つかるから嬉しいのよ」

「うん……だから？」

「だから、ここに私たちのとっておきを記しておくわ。いつになるか分からないけれど、これを見た誰かさんは多分、『もっと分かりやすいところに書いておけ』って愚痴るんじゃないかしら」

そう言って、なにやら楽しそうに頬を緩《ゆる》ませる○○。

まるで友達へのサプライズを考えている子供のようなはしゃぎ方である。

「何を企《たくら》んでいるのか知らんが、仕事しなくていいのか。殺されるってことは襲撃されるんだろ?」

「ええ、難儀よねぇ。凛音ちゃんみたいに私たちを慕《した》ってくれる後輩もいれば、逆に、私たちにいなくなってほしいと思う同僚もいるのだから」

「……誰のこと言ってんの?」

俺の質問に対し。
○○は特にもったいぶる様子もなく、淡々と答える。
「ヘルアイラ・サニーフレア。私たちの命を狙う、『シャンゼリゼ』の【天使】様よ」

←

瞼《まぶた》に差し込む光によって、俺は目を覚ました。

「……朝か」

あ、待てよ。

昨日の教訓を活《い》かし、まずベッドに他の人間が寝ていないことを確認。

よし、灯華《とうか》の姿はないな。

「よいしょっ……と」

迷い猫が潜《もぐ》り込んでいないことに安堵《あんど》し、穏やかに起床すると。

「おはようございます、眷属《けんぞく》様」

キッチンに立っていたリリスと目が合った。

「…………」

なんでキッチンで料理をしているのか、とか。

どうして裸にエプロンだけを着用しているのか、とか。

そんなことよりも、まず。

「また俺の部屋に他人がいる!!!」

←

午前九時。遅めの朝食を摂《と》るべく、メイドと向かい合って食卓に着く。

味噌汁に目玉焼き、サラダに焼き鮭《じやけ》と、そのラインナップは非常に和風である。

「先程は驚かせてしまい申し訳ございません。朝食のメニューについてご希望を伺《うかが》ったところ、『裸エプロン……』と呟《つぶや》かれましたので、お望み通りに」

「従うな。寝言だそれは」

そもそも、どんな夢を見てたらそんな寝言が飛び出てくるんだ。

あぁ……まだ目に焼き付いて離れない。

たかがエプロン一枚程度では隠しきれない胸は、谷間どころかサイドからも溢《あふ》れそうだったし、エプロンの構造上どうしても手薄になる背中や腰回りも、胸元と同等かそれ以上の破壊力があって、このメイド服が清楚《せいそ》に見えてくるインフレっぷりで……。

やめよ、朝から何言ってんだろ。

「そもそもさ、あんな危険な格好、人に言われたからって素直にやる必要ないからな」

「メイドとはいえ、リリスは誰の言うことでも聞くわけではありません。恩人である眷属様が仰《おつしや》ったからこそ、羞恥《しゆうち》に耐えて服を脱いだのです」

「あー……一応、恥ずかしくはあるんだな」

表情には出ないから分からなかった。

「ただ、そのあたりのことはご心配なく。『ニライカナイ』に在籍していた頃はあれよりもっと、それこそ全裸に近い状態でしたので」

「……凛音がお前を引き抜いた理由が分かった気がする」

危ないわ、いろんな意味で。

「ていうか……」

リリスはたしか、昨日、こちらの事情を把握した後も、凛音との再会を喜んで長居し、そのままあいつの部屋に泊まったはず。同じマンションにいるのは理解できるが……。

「どうして俺の部屋に？」

「昨日のお詫びとして、せめて朝食のご用意をできればと。衣坂《ころもさか》様もお誘いしようとしたのですが、不在のようでしたので眷属様のお部屋にお邪魔いたしました」

「どうやってここに入った？　鍵は？」

「鍵は破壊して入りました」

「…………」

俺にセキュリティやプライバシーはないのか。

あまり朝から気が重くなるようなことは考えない方がいいな、もう食べよう食べよう。

「……ん、うまい、このシャケ」

「喜んでいただけたようでなによりです」

「朝ご飯をごちそうになるのはありがたいんだけど、俺なんかより凛音に作ってあげた方がいいんじゃないの？」

「お嬢様は朝食をお食べになりませんので」

「あぁ、そうなの」

「眷属様、もしよろしければ『あーん』いたしましょうか?」

「……結構だ」

あれを和食でやってるの見たことないし。

↑

マンションから数分のところにある最寄《もよ》り駅に向かい、俺とリリスは街中を歩いていた。

朝食のお礼に、出勤する彼女を駅まで送り届けるためである。

「よろしいのですか? コートをお借りしてしまって」

「いいんだよ。あんなビリビリのメイド服姿で電車に乗せるわけにもいかないし」

「お見送りまでしていただけるとは、痛み入ります。リリスは眷属様たちの貴重な一日を無駄にしてしまったというのに」

「そんなことないさ、早見《はやみ》の名刺については灯華も忘れてたことだから、きっとなにか重要な意味があるはずだ」

「恐縮です。本日のヘルアイラ様との立ち入り調査でまたなにか判明した場合、連絡を差し上げますので」

「ありがとう。夜からって言ってたっけ？」

「はい。ヘルアイラ様の都合がつくのが午後八時以降とのことでしたので。……はぁ」

と、そこでリリスはおもむろにため息をついた。

これはあれだ、仕事や学校に行きたくない時に出るやつ。

メイドからも出るのか。意外。

「どうした？」

「帰りたくありません。リリスが傍《そば》にいない間に、お嬢様に何かあったらと思うと……」

「じゃあ、しばらく仕事休んじゃえば？」

「それがそうもいかないのです。本来は数日程度なら空《あ》けても問題ないのですが、昨日の戦闘で破壊してしまったビルの修繕費や、修復工事で開業が遅れた場合に生じる利益の損失はリリスが補塡《ほてん》しなくてはなりません。その多額のマイナスを考えると、来期は〈ランク6〉からの降格もありえますので……」

「いつも以上に働かなくちゃいけないわけか……」

なんて辛《つら》い悩みなんだ……。

ほとんど俺のせいみたいなもんだし、心が痛い。

「申し訳ないな。なにか、俺に協力できることはないだろうか」

「でしたら、リリスの代わりにお嬢様のことをおね……お願いしたいのですが、正直、それもやや不安が残ります。眷属様の実力は認めていますが、日常生活のお世話という点においては、今朝だってお嬢様が朝食を摂られるかどうかも知りませんでしたし……」

「それは仕方ないさ、俺は眷属であってメイドじゃないからな」

「お嬢様の側近を務めるのであれば、眷属様にはリリス以上の働きを求めたいところです。どうせ、お嬢様がどのような色合いの下着を好まれるかもご存じないのでしょう?」

「それは知ってる方がマズいと思うんだが」

「眷属様はあまりにもお嬢様のことを知らなすぎます。リリスは不安です」

「よし分かった。じゃあお前が安心して『フロンティア』に帰れるよう、当ててみせよう」

今の俺にとって、凛音との付き合いはごく短いものだが、それでも、あいつのことはそれなりに分かっているつもりだ。

コートもトップスもスカートも、部屋のインテリアも黒一色とくれば、当然。

「黒だ」

「白です」

不正解。

いや待て、まだ分からんぞ。

「それはあいつが『フロンティア』にいた数年前の話だろ? 今現在、成長によって好みが変わっている可能性は?」

「確かめていただいても結構です」

「いいだろう、白黒ハッキリさせようじゃないか」

まさにこの状況にピッタリの言葉だ。たぶん語源もこういう状況だったんだろうな。

スマホを起動して凛音に電話をかける。

既《すで》に起きていたらしく、すぐに出た。

『――はい、もしもし』

「お前いま、何色のパンツ穿《は》いてる？」

『…………………は？』

「沈黙が長い。切れたかと思った」

『い、いきなりなに？　不審者から変態に進化して、とうとうおかしくなっちゃった？』

「俺は正気だ」

『正気でパンツの色を訊《き》いてくる方が怖いんですけど!?』

「黒だろ？」

『いや、まぁ……白のやつ、だけど』

「…………」

なるほど、ね。

あれだけ黒を好んでおいて、なぜ下着だけ白なのか。

虚を衝《つ》かれたような感覚だ。黒のパンツに申し訳ないと思わないのか。

『なにそれ、意味わかんない』

「……俺もそう思う。じゃあな」

通話終了。

「その反応だと、やはりリリスの勝利ですね」

「あぁ、明確な根拠があった分、なんか悔しささえ感じる」

「気を落とす必要はありません。何色だっていいのです。重要なのは、こんな質問にも付き合ってくださるくらい、お嬢様は眷属様を気に入っている——ということですから」

満足そうに頷《うなず》きながらそう言って——

隣を歩いていたリリスはこちらへ向き直り、片手で俺の歩みを制止する。

「駅に到着しましたので、ここまでで結構です。お嬢様のこと、よろしくお願い致します」

「待った。今のやり取りで納得されちゃ困るんだけど」

「あのようなお話は、よほど気を許している相手でないとできません。眷属様がなんと言おうと、リリスは公私ともに信用いたしましたので、悪《あ》しからず」

では、また——と。

礼儀正しくお辞儀をして、メイドは駅の構内へ消えていった。

「…………」

非常に納得のいかない形で納得されてしまった。

単に雑談の延長のようなものだったとしても……なんか不服だ。

「……はぁ、帰るか」

見送りが済んだので、方向転換してマンションへと引き返す。

その道中に——ふと思う。

お嬢様のことを知らなすぎます、か。

確かにそうかもなぁ。

向こうはたびたび以前の俺のことを言及してくれるが、こっちは凛音のことを全て忘れてしまっている。

どんな食べ物が好きなのか、犬と猫どっち派なのか。そういうことも何一つ知らない。

彼女は今、どういう思いで俺に協力してくれているのだろうか。

帰ったら色々、訊いてみようかな……あぁでも。

「それ以前に、自分自身のことすら知らないんだったな、今の俺は」

まずは早見諌早《いさはや》のことを知るのが先か。そのためには早く犯人を捕まえないと。

さて。

この数日、凛音を始めとした究明機構の探偵たちと過ごしてみて、分かったことがある。

大前提として、犯人は真っ当な方法では見つからないと考えていい。

現場に決定的な証拠を残したり、周囲の探偵に勘づかれるような動きは取らないだろう。

裏を返せば、一見怪しくない奴の方が逆に怪しかったりするのかも。

それこそ、一度だけ偶然会ったことがあるくらいの方が——

「……ん」

何気なく帰り道を歩いていた途中。

駅を見下ろすような近さで建っている一等地のマンションの前を通り過ぎようとしていると、不意に、そのエントランス付近に「Ｖｉｄｅｎｓ」とマンション名が刻印されているのが目に入った。

ヴァイデンス……いや、ヴィデンス？

見覚えがある単語だ。たしか……ヘルアイラがくれた紙にもそう書いてあったな。

スマホで現在地の住所を検索してみると、液晶には「氷河区《ひょうが》」の文字が。

あー……氷河区ってこの辺りのことだったのか。ご近所さんじゃん。

けど奇跡的に住所が分かっても今は面識がないし、待つのは倫理的にアウトだよなぁ。

そんなふうに脳内で嘆《なげ》いていると——

あ。

偶然、エントランスからとある人物が出てきた。彼女は道端《みちばた》に立っていた俺に気づくと、まるで待ち合わせでもしていたかのように一直線にこちらへ歩いてきて——

「ねぇ、ちょっといいかな？」

と、声をかけられた。

ヘルアイラ・サニーフレア。

フォーマルな白のセットアップに身を包んでいる、『シャンゼリゼ』の〈ナンバー3〉。そのミディアムショートの金髪は、日光を反射してキラキラと輝いていた。

彼女は真剣な面持《おもも》ちで俺の顔をマジマジと見て——一言。

「一つ質問をしていいかい。君は悪人のことをどう思う?」

唐突にそう言った。

「……え?」

「どんな答えでもいいよ。気楽に考えて」

「どうって……わ、悪いことをする人は、良くないと思うけど……」

急に振られたので大した思案もせず反射的にちゃちな答えを提出してしまったが——彼女はそもそも質問の答えなどそっちのけといった感じで、俺を観察するような視線で見つめ続けている。

「兄弟がいるとは言っていなかったはずだが……」

「?」

「あぁ、いやいや、なんでもない。……うん、そうだよね。君の言う通りだ。悪い人は良くないよね。本当にああいう輩《やから》は、なんの能もないのに血気《けっき》だけは盛んだから困るよ」

と、話し方自体は茶化すようなトーンだが、氷のように冷ややかな声で——彼女は言う。

憐《あわ》れむように。

「まるで将棋の駒だね。自分の意思なんかなくて、誰かに好き勝手利用されて、使い潰《つぶ》される。ま、私はそういう人間——嫌いじゃないけど」

「………」

なんだろう、発言自体はもちろん悪への批判と取れるが、それはどこか少し、正義感とは異なっているようにも感じられるというか――

「んん、やっぱり人違いか」

と。

そこでようやくヘルアイラは俺から視線を外し、その眼を柔らかで温和なものに切り替える。

「ごめんね、いきなり知らない人に声をかけられてびっくりしたよね」

「あぁ、いや……」

まぁ、そうか。

ここは『シャンゼリゼ』の社内ではないうえ、今は初対面でお互い相手が究明機構の探偵だとは知らない状態。となれば声をかけられる理由は人違いくらいのものである。

けど誰と間違えたんだろ。この落ち着きようからすると早見ではないだろうし、有名人に似てる人がいたりすんのかな。大半の記憶が吹っ飛んでるから分からないけど。

「無駄話に付き合わせちゃったね。知り合いに似ていて、つい気が緩んじゃった」

「……知り合い？」

「うん。友達じゃなくて知り合い。似てるんだよね。目鼻立ちはそっくりだけど、顔色は彼女より君の方がいいね。あの子は新品の塗り絵みたいに真っ白だったから」

綺麗すぎてちょっと不気味だったな――と。

ヘルアイラは消え入りそうな声で呟《つぶや》いて、天使のような神々《こうごう》しささえ感じる、その美しい顔をぐいっと俺に寄せる。

寄せて——自身の指先で俺の顎《あご》を固定する。

「ちょ、いきなりなにを……!?」

「万が一ってこともあるからね。一応というか、念のためね」

「……!?」

「いまのはなんてことない思い出話さ。覚えておく価値もない。だから、きれいサッパリ忘れてくれると助か——」

←

「……え」

なぜか。

あと数センチで唇が触れるという距離までヘルアイラが俺に顔を近づけていた——その一秒後。

俺はリリスを見送った地点に立っていた。

あれ…………じ、時間が戻ってる?

「おいおいおいおい……いったい誰がこんな残酷なことを……いやあいつしかいないけど……」

連絡しようとスマホを取り出した瞬間、ちょうど凛音からのメッセージが届いた。

『ごめん。スマホを床に落としちゃったから戻した』

うーん……ならまぁ、仕方ないか。液晶がビキビキだとテンション下がるし……。

それにしても。

「……なんだったんだ、今の」

心臓がめっちゃドキドキしてる。最後の方は動揺しすぎてヘルアイラの言葉も耳に入ってこなかったし……キスされるかと思った。

いや冷静に考えるとそんなはずないことは理解しているが、とはいえ、あの状況でそれ以外に何が起きるっていうんだ。

——分からないなら、知る必要があるだろう。

探偵として未知の事柄を放っておくことなどできない。凛音にもバレてないし、ここはもう一回行ってみ——

「あれ、眷属さんじゃないですかー！」

先程と違ってすぐに駅から引き返さなかった結果——今度はまた別の探偵と遭遇することになってしまった。

眷属って、大勢の人が行き交う往来《おうらい》で呼びかけていい名前じゃないんだけど……。

「部屋にいないと思ったら……出かけてたのか、あいつ」

駅の構内から大きな紙袋を抱《かか》えてやってきたＪＫは、俺を見つけると嬉しそうにヒラヒラと手を振った。

「やっほー、どうもですー」

「よぉ、今日もいい日になりそうだな」

「そ、そんなこと微塵《みじん》も思ってなさそうな暗い顔ですけど？」

「ちょっと色々あって。いや……なんもなかったのか」

「？」

「気にするな。それよりどこ行ってたんだ？」

「前に言ってた天雷《てんらい》区の駅前にあるパン屋さんですよ。昨日は結局行かなかったじゃないですか。でも、どうしても食べてみたかったので買ってきちゃいました！」

「なるほど、ね」

まぁ両手いっぱいにパン屋の紙袋を抱えていたので、聞く前から薄々分かってはいた。

「で、眷属さんはなにを？」

「リリスを見送った帰りだ」

「じゃ、一緒に帰りますか！」

「あぁ……そうだな」

邪《よこしま》な心に人間性を支配されてはいけない。

一瞬、どうしようか迷ったものの、灯華の小柄な体は大きな紙袋が二つでだいぶいっぱいいっぱいになっていたので、それを放って別行動を取るわけにもいかず――

おとなしく帰ることにした。

そもそも俺一人じゃヘルアイラもこっちを同業だと認識できないわけだから、情報収集もできないしね。

「それ、片方持つわ」

「いいんですか？　ありがとうございます！」

俺に紙袋を一つ預け、ニコッと笑う灯華。

基本的に全ての感情が表に出る天真爛漫《てんしんらんまん》タイプな彼女は、俺の知る究明機構の探偵の中では最も明るく、凛音やヘルアイラより交友関係が広そうに思える。

そんな彼女にだからこそ――訊いてみたいことができた。

今、俺の隣で嬉しそうにパンの紙袋を抱えているこの少女は――衣坂灯華は確実に、早見を殺した犯人に会って、記憶を消されている。

しかし、灯華は見ず知らずの人間に籠絡《ろうらく》されるような奴ではないのだ。

『シャンゼリゼ』のナンバー持ちなだけあって、最低限の警戒心を備え、戦闘の実力も確か。

逃げに徹すれば容易に追跡を撒《ま》ける【究明証】も持っている。

そんな彼女が隙《すき》を見せるとしたら――それは。

やはり顔馴染みの同僚や友人であると、考えられないだろうか。

「あのさ、灯華が『シャンゼリゼ』で一番仲いいのって誰？」

「眷属さんです♡」

「じゃあ二番目は？」

「あ、スルーですか。ときめかないですか。割と本心なんですけどね……」

灯華は拗《す》ねたように唇を尖《とが》らせ、俺が乗ってこなかったことに対し落胆する。

ごめんね。緊急なんで。

昨日、リリスは〈ナンバー7〉名義からの連絡を受け、灯華の【究明証】のフルネーム、及び玖条《くじょう》凛音が裏切り者だという情報を伝えられたと言っていた。

当然、それが可能なのは、灯華に接触して彼女からフルネームを引き出した人物しかありえない。

『シャンゼリゼ』の〈ナンバー7〉を出し抜けるのは、同じ組織の、彼女よりも上位ナンバーの探偵である可能性が高い。

つまり、『1』から『6』までのナンバー持ちから灯華と仲のいい人物をピックアップしていけば、その中に「犯人」が含まれるのでは、という公算だ。

ここで一旦、メンバーを整理してみよう。

No.1　霞ケ関《かすみがせき》局長――現在、都内には不在。

No.2　早見諫早――死亡。どうやら俺らしい。

No.3　ヘルアイラ・サニーフレア――美人。喋《しゃべ》り方や雰囲気は一番探偵っぽい。

No.4　玖条凛音――白い下着の魔女っ子。

No.5　雪村《ゆきむら》くん――凛音が会おうとして拒否られていた。

No.6　？？？

No.7　衣坂灯華――今日も元気いっぱい。記憶を部分的に消されている。

ふむ。

悲しくなるほどロクな情報がないが……その中でも顕著《けんちょ》なのは『6』だな。

「ちなみに、〈ナンバー6〉はどんな人なんだ？　仲いい感じ？」

「キルちゃんですか？　ええ、仲良しですよ」

「……キル、ちゃん？」

「はい。本名はえっと……なんでしたっけ。あ、記憶を消されて忘れてるわけじゃないですよ。ただ、ややこしいからいつもはあだ名で呼んでて……たしか、キルフェラフィル・なんとか、だったと思うんですけど……」

「友達なら名前くらい覚えとけよ」

「眷属さんも会ったら分かります。マジで名前長いんで、あの子」

「あの子ってことは、女子か」

「ふふ、やっぱりそこが気になりますか」

「そういう意味じゃない」

「とっても可愛い女の子ですよ。年齢は私と一緒で十六歳。『シャンゼリゼ』の中だと、早見さんの次に強いと思います。ま、あの方は例外なので実質一位ですね」

「……ふぅん」

「キルちゃんは霞ヶ関局長の護衛を務めていることが多いので、基本的に都内にはいません。いつも日本中を飛び回っていて、私が最後に会ったのも一か月くらい前になります」

「なるほど」

つまり、『1』と『6』の二人は物理的に早見の事件に関わることは難しいのか。

断定はできないが、可能性は低いと思われる。

「でもまぁ、みんな同じくらい仲良しですよ？　強《し》いて言うなら、早見さんと雪村くんだけは一緒にカラオケでオールしたことないですけど」

「逆に言えば他の五人とはあるのか……」

アットホームな組織だ。

あの凛音がそういうのに付き合うのは意外。

ま、それはさておき。

「その雪村くんとやらは、前に『シャンゼリゼ』で情報収集をしようとした時、会えなかった人だよな？」

「はい。私もほとんどお会いしたことがないですね。たまーに『シャンゼリゼ』のビルで見かけるんですけど、目が合うと逃げられちゃうんで」

「人嫌いなのか」

「みたいです。遊ぼうって誘っても全然付き合ってくれないんですよー。……あ、そうだ、眷属さんが誘ってあげたらどうです？」

「なんの面識もないのに？　それって向こうも嫌じゃない？」

「いえいえ、同性だからこそ、お互い遠慮せずに仲良くなれるかもです」

「そういうもんかな」

「そういうもんですよ。だって『シャンゼリゼ』のナンバー持ちは雪村くん以外、みんな女の子ですからねぇ」

「なるほどな、職場の男女比率が偏《かたよ》ってると過ごしづらくはあるかも…………え？」

…………？

聞き間違いだろうか。

「なぁ、今なんて言った？」

「はい？　あぁ、えっと『シャンゼリゼ』のナンバー持ちは、雪村くん以外、みんな女の子ですからね、と」

「…………」

どういうことだ。

今の言葉をそのまま受け取ると、早見も女の子ってことにならないか？

「どうして灯華が早見の性別を知っている？　会ったことないんだろ？」

「お会いしたことはないですけど、連絡先は知ってます。電話とかは普通にしてましたし、声を聞く限り女性で間違いないかと」

「じゃ、じゃあ……」

俺はいったい、誰なんだ。

玖条凛音は以前、俺を早見諫早だと断言したが……。

やはりまだ――あいつはなにか俺に秘匿《ひとく》していることがあるらしい。

「すまん灯華。用事ができた、先に走って帰るわ」

←

パンの紙袋は先に灯華の部屋へ置いてきた。

全力で走って切れた息をエレベーターの中で整えて。

俺は魔女の住む最上階に足を踏み入れ、インターホンを鳴らすと同時にドアを叩く。

ドンドンドンドン。

数秒後、ドタドタと廊下を走る足音が聞こえ、中から慌《あわ》てた様子の家主《やぬし》が飛び出てきた。

「……ちょ、なに⁉　この初対面を思い出すドアの叩き方は⁉」

「おはよう」

「おはようじゃないわよ。うるさいっての」

と、俺の性急な呼び出しに文句をつける凛音。

その格好は昨日、一昨日と同じく、お気に入りらしい黒のトップスに黒のミニスカート。

既にシルバーのツインテールも完成しており出掛ける準備はできていたようだが、今はコーデなんぞどうでもいい。

「たったいま灯華から聞いた。『シャンゼリゼ』の幹部は雪村くんとやら以外、全員女の子らしいな」

「あぁ……ちょっと言葉が足りないわね。雪村以外『全員可愛い女の子』よ？」

「お前は俺のことを早見だと言ったが、それだと灯華の認識と矛盾《むじゅん》するぞ。説明しろ」

「嫌だと言ったら？」

「泣く」

「子供か。……いやまぁ、ちょっと見たいかも」

「ふざけてる場合じゃない」

「アンタに言われたくないわ。……ていうか、その手に持ってるパンはなに？」

「灯華からもらったやつだ。お前の分もある」

別れ際《ぎわ》に彼女がくれたあんぱんとクリームパンを凛音に提示する。

「どっちがいい？」

「……じゃ、あんこの方」

「ほらよ」

「……どうもありがと。アンタ、人を問い詰めに来たにしては随分《ずいぶん》のほほんとしてるわね」

「別に問い詰めに来たわけじゃない。話を聞きに来たんだ」

「そ。……まぁ、遅かれ早かれこうなるか。記憶がないとはいえ、一応あいつだし」

凛音は「はぁ」と深くため息をついた後、なにかを決心したように、俺をまっすぐ見つめながら言い放つ。

「いいわ、話してあげる。ただし今日一日、私に付き合ってくれたらね」

「それだと遅い。もったいぶらずにさっさと話せ」

「ちゃんと私の言うことを聞くって約束でしょ？　アンタはいま私の眷属なんだから、立場はこっちが上なの」

「…………」

それはそう。

俺がここでいくら抵抗してみたところで、魔女が口を割ることはないのである。

「……仕方ないな。いいだろう。で、どこに何をしに行く気だ？」

「そんなの決まってるでしょ？　デートよ」

←

午前十一時。某有名テーマパーク。

「キャー！　はやーい！」

「………？」

爆速で降下するジェットコースターに振り回されながら、俺は首を傾《かし》げる。

なに、なんで？　俺はなんでこんなとこに連れてこられたの？

迫りくる恐怖から逃げるように答えの出るはずもない問答を続け、数分後、俺はようやく地面に降り立った。

あぁ……フラフラする。

「あー楽しかった！　もう一回乗る？」

「いい。もう一回乗ったら死ぬ……」

「ん、アンタは絶叫系苦手なの？　ならごめんね、あっちの早見は好きだったから、アンタもイケるのかと思っちゃった」

「どういう意味……それ？」

「そんなことよりソフトクリーム食べましょう！　あそこで売ってるから！」

「人のバックボーンを『そんなこと』で片すな。そして俺は今、人生で一番食欲がない」

「どれにしよっかなー、色々あって迷っちゃう」

と、俺の言葉などお構いなしに売店のメニュー表の前で悩ましげに佇《たたず》む凛音。

視線の動き方的に、チョコと抹茶《まっちゃ》で迷っているらしい。

……まぁ、付き合うと約束した以上、眷属として契約を違《たが》えるわけにはいくまい。

早見諫早の真実の究明のため、魔女が満足するまで遊び回るとしよう。

「俺がチョコを買うから、お前は抹茶にするといい。ちょっと分けてやる」

「いいの!?　やった！　じゃあそうするー」

←

午後一時。某有名うどんチェーン店。

「私はきつねうどんにするけど、アンタは？」

「焼いたシャケが載《の》ってるやつとかないの？」

「ないわよ、そんなの」

「以前の俺だったらどれにしてたと思う？」

「うーん、アンタはあんまり私に付き合ってくれなかったから、うどんの好みは分かんないわ」

「じゃあ、お前がさっき言ってた、あっちの早見とやらだったら？」

「あの人はエビ天といも天と、ちくわの天ぷらを同時に載せたやつね」

「……俺もきつねうどんにするわ」

←

午後三時。某有名水族館。

「うわー、すごーい……」

目をキラキラと輝かせながら。

大水槽に張りつくようにして、水中に展示されている生き物を覗《のぞ》き込む凛音。

もうかれこれ十五分はこうしている。

「イルカのショー、もうすぐ始まるぞ」

「ちょっと待って、まだイワシの群れ見たい……」

「イルカよりイワシか。珍しいな、お前」

「いいでしょ別に。好きなんだから。この統率の取れた魚群の美しさが……あ、あっちにタコもいる。ねぇ、タコとかイカって、あれだけたくさん手足があったらすごい便利そうじゃない？」

「タコの手足は八本あるけど、そのうちの一本は性器らしいな」

「あーそれ、あっちの早見も言ってた。そういうとこもやっぱ同じね」

凛音は冷めた目で俺を一瞥《いちべつ》した後、再び水槽へと視線を戻す。

「……なんか知らんが不愉快だ」

自分自身（？）とふざけ方が被《かぶ》るとは、まぁ当然といえば当然だが。

←

午後六時。某有名大型商業ビル。

凛音は獲物を狙うタカのような鋭い眼光で洋服を見繕《みつくろ》っている。

「うーん、この黒いロングカーディガンが一番それっぽいかしらね。中は適当に黒いのを着ればいいし、下はタイトなパンツだから……」

「それ、どっちもサイズ合わないだろ。お前が着るには絶対デカいぞ」

「私のじゃないわ」

「じゃあ誰の？」

「ふふ、誰かさんの♪」

「？」

「ヒールは買わなくていいわよね、あんまり高すぎると違和感あるし……うん。あとは黒髪のウィッグとメイク道具を別に買って……」

なんか色々買ってるけど、それ全部、俺が車まで運ぶんだろうなぁ……。

←

午後八時。凛音のマンション。エントランス。

「んー♡　楽しかったわねー……」

凛音は両手を上にグーっと伸ばし、深呼吸をしながらそう言った。

どうやらようやく満足してくれたらしい。

「すげぇ今更だけど、俺たちって今は遊び歩いてる場合じゃないと思うわ」

「なによ、途中からはアンタも割と楽しんでたくせに」

「…………」

否定はしないが。

海の生き物とか、嫌いじゃないし。

「それにしてもまぁ、長い旅だったな」

「だったな？　いや、荷物置いたらカラオケ行くわよ？」

「遊び死ぬわ！」

人類初となる死因で死ぬ！

「あは、冗談よ。さすがに今日は終わり」

小悪魔的な笑みを浮かべながらエレベーターに乗り込む凛音の後に、俺も続く。

するとなぜか、彼女は自身の部屋がある「44」ではなく「2」のボタンを押し込んだ。

「……凛音？」

俺が不思議に思って尋《たず》ねた時にはもう、エレベーターは二階に到着し、そのドアを開く。

「約束は守るわ。話してあげるからついてきて」

「おい、いったいどこに……」

エレベーターから降りた先に広がる長い通路、その最初にあたる部屋の前で、凛音は立ち止まり――玄関の扉を引いた。

「どうぞ、入って」

「……お邪魔します」

言われるがままに足を踏み入れる。

その間取り自体は、ここ数日俺が過ごしている部屋と同じもの。

なのでどこか当たり前に、いつものように中へ入ると――

そこには誰の姿もなかった。

生活感の感じられない無機質な室内――その窓際《まどぎわ》に置かれているテーブルの上には、駒が整然と並べられたチェス盤が鎮座している。

「……ここは？」

「早見の部屋よ。アンタじゃない方のね」

凛音は電気も点《つ》けず、月明かりが照らす窓辺まで歩き、椅子を引いて腰を下ろす。

彼女が顎をクイっとやって「対面に座れ」と無言で促《うなが》したので、荷物を置き、俺も同じように着席。

「久しぶりね、アンタと戦うのは」

言って、手元の黒い駒を一つ摘《つま》み、２マス先に置く凛音。

あぁ……チェスをやりながら話したいのか。

けど、うーん……。

「どうしたの？」

「カッコつけてるとこ悪いんだけどさ、俺、ルール知らないわ」

「べ、別にカッコつけてませんけど……!?」

「いや、暗い部屋で月光に照らされながらチェスに興《きょう》じるって、どう考えても……」

「大事な話だから、どうせなら早見の部屋の方がいいかなって思ったの！　まさかアンタがルールを忘れてるとは思わなかったし！」

「電気を点けてないのは？」

「……そっちの方が雰囲気、出るかなって」

凜音は恥ずかしそうに白状した。

暗がりの中でも顔が紅潮していることが見て取れる。

「以前の俺は、お前とよくチェスをやってたわけか」

「ええ、まあね。けどもういいわ、私の部屋に戻って事務的に淡々と話すから」

「拗《す》ねるなよ。ちゃんと付き合ってやる」

俺はスマホでチェスのルールを検索し、駒の動きを覚える。

ふむふむ、まぁ基本は将棋に近い感じか。

「アンタ、将棋のルールは覚えてるの？」

「うん」

「……ムカつく。人を辱《はずかし》めるようなことだけ忘れてててムカつくわ」

「あ、チェスのルールを覚えてる間に、早見の話でもするか」

「自分のバックボーンを『でも』呼ばわりって、優先度が逆になってますけど……」

「ここが早見の部屋だということは分かったが、アンタじゃない方――っていうのはどういうことだ？」

「……こういう我《が》の強いところは本当に早見よね。自分の出自がようやく明らかになるっていうのに、なんの感慨《かんがい》もないんだから」

凜音の戸惑《とまど》ったツッコミには一切構わず話を切り出すと、彼女は仕方ないといった様子で折れ、説明を始めた。

「文字通り、ここは早見の部屋。いつもアンタと一緒にいた、女の子の部屋よ」

「そいつが灯華のいう早見諫早なのか？」

「そうね。究明機構において『早見諫早』という固有名詞は、あの人のことを指すわ」

「じゃあ、俺は誰なんだ」

「同じく早見よ。どんな危険な任務だろうと単独で遂行《すいこう》して、決して周囲と関わろうとしないあの人と、常に一緒にいた人間——それがアンタ」

「その説明だとただの助手にしか思えないな。昔の俺は、お前に早見だと名乗ったのか？」

「いいえ、アンタはいつも仮面で顔を隠してて、自分のことはあまり話してくれなかった」

「なら、俺が誰なのかは分からないだろう」

「分かるわよ」

凛音は言う。

「仕草とか好きなものとか、多少の違いはあるけどそっくりだったから。チェスの戦法なんかほぼ一緒だったし」

「となると……双子とか？」

「私が早見の【究明証】を知らない以上、ないとは言わないけど、可能性は低いわ。絶対に他者を傍《そば》に置かない早見が共に過ごすとしたら、それは自分以外ありえないもの」

「そっちの方がありえないだろ」

人間は誰だって世界に一人しかいないもんだ。たとえどれだけ似ていようと——

「似てるんじゃなくて、同じなの。私がどっちのソフトクリームを買うか迷ってる時に、片方は自分が買って分けてくれたり、水族館でタコを見てくだらない下ネタを言ったり、そういうところも何から何まで、アンタとあの人は同じ」

「そんなこと言われたってな……例えば物をコピーするような【究明証】を持っていたとしても、増える自分は同性だろ？　辻褄《つじつま》を合わせようとすると、お前の知ってる女子の早見は、実は女装していたってことになる」

「ん、それは双子説より可能性の高い推理ね。アリよ」

「ナシだよ。正体を隠すにしたって、もっと効率的な方法はいくらでもある」

「アンタに女装癖《へき》があったとか？」

「ない」

……と思うよ。

多分ね。

うーん、もっとこう、本質的に「同一人物」だと納得できるような要素が欲しいな。

「……あぁ、そうだ。顔は？　顔はどうなんだ、俺は女子の早見に似てるのか？」

「パーツはかなり似てるけど、アンタは普段、あの人と違ってすごく気の抜けた表情をしてるから……せっかくの素材が台無しって感じね。だから初めて私の家に来た時も、最初分かんなかったのよ」

「悪かったな。顔に覇気がなくて」

「でもね、戦いの最中とか、ああいう気を張って真面目《まじめ》な顔をしてる時はそっくりよ。キリッとしててカッコいいわ」

と、珍しく直截《ちょくせつ》的に、素直に俺を褒《ほ》める凛音。

普段の高慢な態度を見てる分、こういう数少ない褒め言葉はギャップで効く。

こうしてドMは生まれていくんだろう。

「ふぅん。なるほど、な」

「あ、あとそれ。その一拍置いた感じの『なるほどな』があったから分かったの。二人ともそれが口癖《くちぐせ》だったから」

「え、そんなに言ってるっけ……？」

自分の口癖って自分じゃ分からないもんだな。まったく自覚なかった。

「昔はよく、チェックメイトされた時とかに言ってたわ」

「我ながらダサい……」

ならばここで——過去の雪辱《せつじょく》を果たすとするか。

俺は8×8の盤面に並んだ白い駒のうち、最も数の多いポーンを2マス前に進める。

「ん、もうルール覚えたの？」

「ああ、これでようやくドラマチックになるな」

このチェスというゲームは、9×9の将棋よりも盤面が一回り狭いが、派手な動きをする駒が多いのでゲームスピードがあちらよりも早い。

一番動きの少ない駒を比べると、歩《ふ》は前方1マス。ポーンは2マス。

縦横《じゆうおう》に好きなだけ動けたり、斜め方向にどこまでも移動できる強力な駒は、将棋ではどちらも一つずつしか扱えないが、チェスではデフォルトで二つずつ配置されている。

なので油断しているとあっという間に——

「はい、チェックメイト」

「……なるほど、な」

リリスから強いという話は聞いていたが……。

まさか十分で詰まされるとは。

ドラマチックどころか、集中しすぎて無言で打ってしまった。

「なんか、お前の駒の方が強くない？」

「そういうゲームじゃないから、これ」

「ここが早見（女）の部屋なら、俺の部屋は一体どこにあるんだって質問しようと思ったんだけど、言うヒマなかったわ」

散っていった互いの駒（ほぼ俺のだけど）を並べ直し、再戦しながら呟くと、それを聞いた凛音はさも当然のように答える。

「あぁ、このマンションにアンタの部屋はないわよ？」

「え、なんで？」

「以前、アンタはここであの人と一緒に暮らしてたから」

「じゃあ、最初から二人の早見の部屋って言えよ」

「だって、家賃や光熱費を払ってたのはあっちの早見だし……」

「…………」

ヒモだったのか、俺。

今、最悪のバックボーンが明らかに。

……ていうか。

「そもそも、もう一人の早見のことを今まで俺に黙っていたのはなんでだ？」

「……え？」

「凛音が、俺のことをもう一人の早見だと気づいた時点で教えてくれてもいいんじゃないか？知っててデメリットになるようなことでもないし」

「いやまぁ、そうかもしれないけど……」

俺が素朴な疑問をぶつけると、彼女はバツが悪そうに目を逸《そ》らす。

なんだその意味深《いみしん》な反応。

てっきり「今のアンタに言っても無駄だし」とか「面倒だから」とか言うと思ったのに。

「俺が灯華の言葉に引っかかって訊いたからこうして話してくれてるけど、もし訊かなかったら言うつもりなかっただろ？」

「だ、だって、アンタに話すと、他の探偵にバレるリスクが生まれるから……」

「俺からは洩れないって。見てろ、玖条凛音の【究明証】の名前は――ご主人様は世界一可愛くて美しいです」

「……！」

「ほら、その気になればこうやって、言わせたくないことはなんでも伏せられるんだろ？」

「あう、だから、それは、その……あ、チェックメイト」

「………」

動揺してる片手間に詰ますなよ。

今度は五分を切ったぞ。

「ちょっと待ってろ。こう早々と詰んでたら話が続かない。リリスからアドバイス貰《もら》うわ」

俺は一時休戦し、魔女の戦法を熟知しているであろうメイドに電話をする。

『──はい。リリス・カレンデュラでございます。眷属様、何用でしょうか？』

「今、時間大丈夫か？」

『はい。つい先程ヘルアイラ様の調査の護衛任務が終了いたしましたので』

「ならよかった。ちょっとチェスのことで質問なんだけどさ、凛音の弱点とか知らない？」

『あ……あぁ、チェスですか』

俺が用件を述べると、彼女はとても拍子《ひょうし》抜《ぬ》けしたような反応を示した。

『失礼しました。朝のこともありましたので、リリスは勝手に早見様に関するご連絡かと思い、身構えてしまいました』

「変なタイミングでかけてごめんな」

『いえ、構いません。訊かれても困る話題でしたので、むしろありがたくもあったのです』

「え？」

『件《くだん》のビルの調査、本日、リリスが同行させていただいたのは入り口までで、そこから先はヘルアイラ様だけで行われました。なので眷属様に報告するようなことはなにも』

「……一緒に入らなかったのか？」

『はい。同行を申し出たのですが、機密保持のためだからと拒否されてしまって』

「ってことは、早見の名刺の件は進展ナシか」

『……名刺、とは？』

「え？　いやほら、昨日リリスが言ってたあれ」

『リリスが、ですか？　なんのことでしょう？』

「…………」

冗談で言ってるわけないしな。

だとすると――まさか忘れている？

「ほ、本当に何も、心当たりがない感じ？」

『はい。申し訳ありません。説明していただけると幸いです』

「あぁいや……いいよ。大したことじゃないから気にしないでくれ」

『記憶力が終わっているメイドは信用に値《あたい》しないという眷属様の判断、さすがでございます。リリスは己《おのれ》の不甲斐なさを痛感しております』

「そういうことじゃなくて、えっーと……ほら、今チェスの途中だからさ、早くしろって凛音がうるさくて」

『ああ、左様ですか。でしたら仕方ありません。リリスよりもお嬢様を優先してください』

そう言い終わるや否《いな》や、こちらの返事も待たずにリリスは通話を打ち切った。

つくづくお嬢様ファーストなメイドである。

ま、そのお嬢様は俺のせいで少々ご立腹のようだが。

「人を言い訳に使わないでくれる？」

「悪かったよ」

「私がものすごく傲慢《ごうまん》な女みたいに映るじゃない。まったく――」

「なんで俺に早見（女）のこと言ってくれなかったの？」

「うっ……それをいま持ち出すのはズルいわ……」

「なんでそんなに刺さるんだ、これ」

「うるさい。それより、リリスからアドバイスを聞いたのなら早く再開しましょうよ」

「アドバイスは結局聞けなかった。それより――緊急事態発生だ」

もしかすると、もう。

チェスに興じている場合ではないかもしれない。

「昨日言ってた早見の名刺の件、どうやらリリスが忘れてるっぽい」

「……ふぅん」

「つまり、今日ここから帰った後、現在に至るまでの間に記憶を消された、という可能性が考えられる」

「そうね。じゃあチェスの続きを――」

「お前、なんか乗り気じゃないな」

「別に、そういうわけじゃ……」

「これは一大事だぞ。今日、リリスと接触した人間の中に、記憶を消す【究明証】を持った探偵がいるかもしれないんだから」

「分かってるわよ。分かってるけど……」

「けど、なに?」

「……なんでもない」

「どうした、お腹《なか》でも痛いのか」

「痛くない。……いいわ、推理を続けなさい。もう邪魔はしないから」

凛音は明らかに嫌がっていたものの、渋々といった様子で、腕を組んでこちらの話を聞く態勢に入る。

まぁ、これは推理というほど大層なものではなく消去法に近い形であり、なおかつそれも、俺の知っている探偵の数が極端に少ないため、いささか心許《こころもと》ない母数から導き出されたものになってしまうのだが。

それでも一人だけ――心当たりがある。

「今まで会った探偵の中で一人だけ、俺の顔を見て明確に反応した奴がいる」

「……誰？」

「ヘルアイラだ。二日前に『シャンゼリゼ』で会った時も、今日の午前中に偶然会った時も、灯華やリリスとは違ったリアクションを取っていた」

「あいつは一応早見の第一発見者だし、アンタの顔に見覚えがあってもおかしくないわ」

「そうなんだけどさ、反応以外にもちょっと、引っかかることがあるというか」

一昨日、俺がヘルアイラに会った際、彼女は『シャンゼリゼ』に戻ってきた灯華に遭遇し、その時の様子が少し変だったと俺に証言した。

それにより、俺たちは灯華の記憶を消した人物を特定すべく、『フロンティア』の探偵と会う約束を取り付けたわけだが――問題なのは。

昨日、ビルでリリスに問い詰められた際、灯華は彼女に「誰と会って、どうやって『シャンゼリゼ』まで戻ったのか、夜に自宅へ着くまでの記憶がない」と弁明したこと。

どうして灯華本人が忘れているようなことを、ヘルアイラは知っていたのだろう。

「それはリリスも一緒でしょ？　記憶を消されてるのは衣坂なんだから」

「けどさ、灯華の様子がおかしかったということは、あいつはヘルアイラと会う前に既に記憶を消されていて、そのせいで混乱していたんじゃないか」

「だったらなに？」

「ヘルアイラが会った時点で灯華の記憶が消えていたとすれば、灯華はヘルアイラに会ったことは覚えているはずだ」

　逆に。

「ヘルアイラに会った後、あるいは彼女に記憶を消去されたのであれば——灯華はヘルアイラのことを覚えているはずがない。ここがどうしても気になる」

　それに、警戒状態のリリスが待ち構えている『フロンティア』へ向かうように促してくれたのは——一度目に会った時の彼女だ。

「……ヘルアイラといい灯華といい、会話の流れの中で一度聞いただけでしょ？　よく覚えてるわね、そんなこと」

「記憶力には自信がある」

「誰が言ってんのよ」

　まぁ、でも結局のところ。

　今の考えは全て憶測に過ぎない。ヘルアイラも灯華と同じように記憶を弄《いじ》られてる被害者であるケースも考えられるので——

「なんにせよ、一度しっかりヘルアイラから話を聞くべきだな。判断するのはそれからだ」

「……そうね。そうかもしれないわね」

「ヘルアイラに会ってくるわ。いつまで戻す？」

「まぁ……確実なのはアンタが会ったっていう午前中だけど、それだと私は間に合わないから、今日の夜、リリスと一緒に天雷区のビルにやってくる時に——」

「いや、行くのは俺一人だ。お前はここで待ってろ」

「…………」

「凛音？」

——ジッと。

薄暗い部屋の中で、魔女の青い目が俺を見つめる。

涙で微《かす》かにうるんだ、まるで海の水面《みなも》のような瞳。

その眼に宿っている複雑な感情は——俺ごときには到底、推測できないものだった。

「時間は戻しません。ヘルアイラには会わせない」

「……急にどうした。それは、俺の推理が的外《まとはず》れだから？」

「いいえ、当たっているから」

彼女は言う。

後悔の念に駆られたように、言葉を続ける。

「だから話したくなかったのよ……あの時と同じね。また、自分だけで真相に辿《たど》り着いて、自分だけで行こうとするんだから」

「……あの時？」

「あっちの早見が死んだ時と同じだって言ってるの。一番最初にアンタたちが亡くなったって報告を受けた時、私はすぐに戻って伝えた！　あなたたちを助けたいって、あなたたちのために協力したいって、私、お願いしたのに……！」

「なんで断るのよ。なんで、二人だけで行っちゃうの……」

「二人だけ……」

自分と、自分。

察するに、俺ともう一人の早見は過去に、彼女の協力を拒否して振り切った——ということらしい。

つまり、凛音が俺に全ての事情を明かさなかったのは——

「ぜんぶ教えて、元のアンタに戻ったら……また離れていっちゃうと思ったから……」

凛音は席を立ち、傍《そば》まで来て俺の襟元《えりもと》を強く握りしめ——

「私を置いて、また、いなくなっちゃうと思ったから……！」

震える声で——心の内を洩らす。

今まで抑えてきた感情が、溢れるように。

「今はまだダメ。せめて局長とキルが戻ってくるまで待って。雪村だって、衣坂が壁をすり抜けて部屋に入っちゃえば説得できるかもしれないし、そうやって戦力が増えれば……」

「それだけ露骨に動いたら警戒されると思うぞ。向こうはもう『終わった』と思ってるんだ。気が緩んでいるうちに、できるだけ時間をかけずに決着をつけるべきだ」

「でも……！」

「あの時とは状況が違う。仮にヘルアイラが犯人だったとして、それで俺が返り討ちに遭《あ》って死んでも、お前が時間を戻せばなかったことになる」

「身体の方はね。……でも、記憶を消されたら、戻らないわ」

「……あ。まぁ、それは……」

「だから行かないで、お願い……」

そう言って、凛音は俺に抱きつく。

首に手を回して、身体を寄せるようにして――ぎゅうっ、と。

「せっかく生きてたのに、せっかくまた会えたのに、今度も自分だけで立ち向かって、それで何かあったらまた、他人みたいに、私のことを玖条って呼ぶようになっちゃう……そんなの嫌……」

「…………」

「行かないって言って。一回でいいから、私のお願い聞いてよぉ……！」

「…………」

「アンタは私の眷属なんだから、私の言うことを聞くって、約束したんだから……！」

嗚咽《おえつ》の入り交じった声で、凛音は俺に訴えかける。

顔は見えないが……泣かせてしまったらしい。

――早見。

なんとなく、分かるよ。

俺はお前のことを覚えてはいないけど、自分の考えそうなことくらい分かる。

きっと、今の俺と同じような気持ちだったんだろう、
自分より他人が傷つく方が、何倍もつらい。

だから、お前は魔女を突き放したんだろうな。

凛音には悪いが……俺も、同じ選択をすると思う。

ただ、二回目はせめてもの礼儀として――彼女に納得してもらいたい。

強引に突き放して遠ざけるのではなく、待っていてもらいたい。

「まぁ落ち着け、泣くなよ」

「……泣いて、ない」

「でも、グスグス言ってるじゃん」

「わ、私を置いていかないなら……泣き止《や》む」

「いいや、俺はお前を絶対に置いていく」

「……私の話聞いてた？　今のは絶対、連れていく流れだったでしょうが。ホントにバカなんじゃないの、バカ、バカバカバカバカぁ……！」

凛音は怒って腕に力を込めたが、首が絞まる感覚はない。今の彼女の精神状態では「うげ、苦しい！」なんてお約束も言えないくらい、儚《はかな》く弱々しい抱擁《ほうよう》になってしまっている。

らしくないな、本当に。

「わ、私が時間を一日以上前に戻したら、どうなるか分かってる？」

「ちゃんと覚えてるよ。俺はお前の眷属じゃなくなって、戻った分の記憶は引き継げない」

「そうよ。……なら理解してるでしょ。私はいつでも眷属との契約を解消することができるの！　アンタが勘づかないように、何度だってやり直せるんだから！」

「勘弁してくれ。今日のデートを忘れたくはない」

「そんなこと、思ってないくせに。昔からずっと、私のことなんて……なんとも思ってないくせに……」

「なんとも思ってるさ。……なぁ、凛音」

俺は──抱きついたまま離れようとしない彼女の頭を、優しく撫でる。

泣きじゃくる子供をあやすように。

ようにというか、まさにその状態だが。

「うるさい……」

凛音は俺の耳元で文句を言いつつも──

自身の頭に置かれた手を、振り払おうとはしなかった。

「お前、昔の俺か、もしくはあっちの早見によく頭を撫でられてたろ？」

「え……お、覚えてるの……？」

「いや全然。ただ、こういうことをされるの嫌がりそうな性格なのに、前に俺がふざけて撫でた時は怒って嚙みついてこなかったから、なんでだろうなぁってずっと思ってて」

「人を、獣みたいに言わないで」

「はいはい。……ま、そろそろ駄々をこねるのは終わりだな。お前だって本当は分かっているはずだ」

局長やキルちゃんとやらの帰還を待つ余裕はない。向こうはリリスから俺たちのことを聞いているかもしれないし、灯華が俺たちと関わりを持っていることを知ったらその時点で警戒するだろう。時間が経《た》てば経つほど、状況は厳しくなる一方だ。

「分かってるわよ……そんなこと」

「なら覚悟を決めて俺を送り出せ。どうせお前が一緒に来ても役に立たない」

「それがご主人様に対する態度なの……!? ぜ、絶対になんらかのハラスメントよ……わ、私だって本気を出せば戦えるもん。魔女ビームでるもん……」

「出ないだろ、そんなもん」。

けどまぁ、冗談を言う余裕ができるくらいには、涙が収まったようでなによりだ。

では、最後の一押しといこう。

「いいか、今の俺は早見諫早ではなく、お前の眷属だ。今度こそ戻ってくる。だから待ってろ。この程度の事件、ご主人様の手を煩《わずら》わせるまでもない」

「ぐすっ……そんなの信じられない。リトライなしじゃ、衣坂にもリリスにも勝てなかったくせに……」

「ありがとう、じゃあ行ってくる」

「……都合の悪いことを無視すんな、バカ眷属」

ぺちん。

凛音は固く結んでいた腕をほどき、離れ際《ぎわ》に俺の頭を軽くはたいた。

まだその目は赤いが、声のトーンはいつもの調子に戻ったので良しとしよう。

「ようやくお許しが出るみたいだな」

「……ええ、その熱意に免じて出撃の許可を出してあげる。けど、私の眷属を名乗る以上、何があっても絶対に勝つこと。いい？」

「はいよ。了解した」

たとえ何度負けても、勝つまでやるさ。

「で、どうすんの？　午前中にヘルアイラに会ったのなら、そこまで戻す？」

「いや、あそこはそれなりに人通りがあるからダメだ。それに、そこまで戻したらお前とのデートまでなかったことになるだろ」

「……本気で言ってたの、あれ？」

「それなりにな。だから戻すのは一、二時間くらいでいい。リリスと天雷区のビルにやってくる時に会う」

「会ってどうするの？」

「話を聞く」

「それでヘルアイラが正直に答えてくれると思う？　こっちにはなんの証拠もないのに」

「……確かに。ダメじゃん、どうしよ」

「ふふっ、まったく——しょうがないんだから」

凛音は呆れたように笑って、それから俺が入り口付近に置いていた、衣服などが詰まったファッションブランドの紙袋へ視線を移す。

「方法は一つ、自白させるしかないわ。あれを使ってね」

「あれって、あの紙袋にはお前が買ったファッションアイテムしか入ってないぞ」

「うふふ、服もウィッグもメイク道具も、そのために買ってきたんじゃない♡」

「……？」

「ヘルアイラがビルに来るのは多分八時くらい。私たちがここに帰ってきたのも八時だけど、二回目はもっとスムーズに買い物できるから――余裕で間に合うわね」

←

午後七時半。凛音のマンション。44階。

「……マジでこれで行くの？」

「似合ってるわよ？」

「そういう問題じゃない……」

「無事に帰ってきたら結婚しましょうね？」

「やめろそれ、死ぬやつだから」

「はい、ならさっさと行く。向こうに着いたら電話しなさい。常に通話状態にしとけば、リリスの時みたいにいつでも戻してあげるから」

「……そんじゃ、行ってきまーす」

凛音に見送られ、俺はエレベーターに乗って一階へと降りる。

あー……落ち着かない。知り合いに会ったらどうし――

「………」

エントランスに到着したエレベーターが扉を開くと、そこには灯華がいた。

手に某コーヒーショップのカップを持っていて、もう片手には某コンビニのデザートが入ったビニール袋を提《さ》げている。

夕食後のお楽しみってやつか。

いやそんなことより……さて、どうなるかな。

こっちは降りる側で向こうは乗る側。必然的に向かい合った状態で灯華と目が合う。

すると。

「わっ！　びっくりした……！」

まるで幽霊でも見たみたいに。

彼女は驚きのあまり声を上げ、持っていたコーヒーを落としそうになった。

それをなんとか耐えた後、灯華は我に返ってこちらを向く。

「あ、あの、大きい声出しちゃってごめんなさい。まさか私たち以外に人がいるとは思わなくて……他に誰も住んでないって聞いていたので……」

「…………」

ペコリと頭を下げる灯華に軽く会釈《えしやく》を返し、エレベーターから降りる。

すれ違いざまに灯華が乗り込み、背後で扉の閉まった音が聞こえたのを確認して、俺は彼女へ電話をかけた。

とある確認と、とあるお願いのために。

『──はい、眷属さんですか？』

「ああ。灯華、あのさ──」

『聞いてくださいよ眷属さん。今、凜音さんのマンションで綺麗な女の人に会ったんです！　私すっかり油断してて、超びっくりしちゃって！　前に凜音さん、ここに住んでるのは私だけって言ってませんでしたっけ？』

「……あれじゃないか、荷物の配達とか食べ物のデリバリーみたいな」

『いやぁ、そういったお仕事の途中には見えなかったんですよねぇ。なんか見たことないタイプの綺麗さっていうか、絵とかCGとか、そういう感じの……』

「その話は後で聞くわ。ちょっと急用を頼みたい」

『む、なんです？』

「今から『シャンゼリゼ』の探偵を数人集めて、二時間後くらいに例のビルまで連れてきてくれ」

『なぜですか？』

「決着をつけた後、早見を殺した犯人を『シャンゼリゼ』まで連行する必要がある」

『……どういうことでしょう？』

「ごめん、まだ詳しくは説明できない」

『状況の説明もなしに言うことを聞けっていうんですかぁ？』

俺の頼みごとを聞いた灯華は、非常に怪訝《けげん》そうな反応を見せた。

至極《しごく》真っ当な感覚である。

「やっぱダメ？」

『こっちは今からデザートタイムなんですよ。二人とも私をハブってどっか行っちゃうから、今日は一人で寂しかったですし！』

「悪かったよ。明日はみんなでなんか食べよう」

『私、一日中ずーっと一人で事務所の片づけをしてました！』

「手伝えなくてすまなかった。お疲れさま、今度カラオケ行こうな。オールで」

『あとですね……』

「あ、そういや朝のクリームパンうまかったよ、ありがとう」

『……もう、ズルいです、そういうとこ』

放っておかれた猫がニャーニャーうるさかったのでさらに不満を洩らされる前にお礼を言っ

てみたところ、見事に鳴き止んだ。

『本当にもう、そういうとこですよ。私は眷属さんを襲ったのに、無傷で拘束してわざわざソファまで運んでくれたり、リリスさんと戦った時、呆気《あっけ》に取られてる私の手を引いてくれたり、普段はそうでもないのにたまに優しいから……あぁ、言うこと聞いちゃいそう』

「聞いてくれると助かる。お礼もちゃんとするからさ」

『報酬があるんですか？』

「ああ」

今の俺には何もないから、あいにくこんなものしかあげられないけど。

「もし頼みを聞いてくれたら、お礼として俺の名前を教えてやる」

『……え、いいんですか？　普段、誰にも名乗ってないし、リリスさんにあれだけ問い詰められても言わなかったのに？』

「いいよ、お前にになら言ってもいい」

『あー……私、割とマジでこの人のこと…………』

そこで向こうがスマホを顔から離したらしく、その先の言葉が途切れてしまった。

しばしの静寂《せいじゃく》の後《のち》――

再び、スマホから灯華の声が聞こえてくる。

聞き心地のいい、爽《さわ》やかな声で。

『わかりました、引き受けます。すぐに他の方に連絡してみますね』

と、彼女はとてもいい返事をくれた。

「ありがとう。事情を説明できなくてごめんな」

『あ、いいですよ別に。今日一人で寂しかったから渋ってみただけで、私は普通に眷属さんの判断を信じてますから』

「……なんで？」

『なんでって、眷属さんだからに決まってるじゃないですか♡』

「理由になってないけど……」

前言撤回。

至極真っ当な感性と言ったのは取り消す。

けど、ありがとう。

『あ、でもあの時、私の胸を触ったのはまだ許してませ――』

プツン。

用件が済んだので切った。

なんか言ってたような気がしたけど気のせいだろう。

さて、行くか。……うん、さすがにそろそろ出発しないと。

「……はぁ、この格好、灯華には通じたけど、これで外に出るのは勇気いるぞ……」

殺したはずの人間が再び姿を現せば、そりゃなにかしらボロを出すだろうけどさ。

エントランスの窓ガラスに映る自分を見て、ため息をつく。

黒のパンツにフォーマルなシャツ。さらに上から黒のロングカーディガン。

流れるような黒髪ロングに、雪原を思わせる真っ白な肌。

まるでチェスの駒のようにワントーンな仕上がりだが――まぁ、うん。

綺麗な女の人が――映っているように見える。

←

それから駅まで歩き、電車に乗って天雷区まで向かい、無事に目的地へ到着した。

リリスと戦ったこの一階の入り口付近は開けた空間になっており、大きな窓ガラスからは月の光が差し込んでいる。

「…………」

ヘルアイラへの疑いをハッキリさせるために凛音が考案した作戦。

それは、俺が早見諫早（女）の格好をして彼女に会うというもの。

デート中に凛音が買っていた服などは全て、あっちの早見を再現するためのアイテムだったらしい。

彼女から丁重にメイクを施《ほどこ》されたことによって、顔も見事な美白に仕上がっている。

「しかしなんともまぁ、ぶっ飛んだオペレーションだな……」

こちらに何も証拠がない以上、こういう冗談みたいな方法で確かめるしかない。この姿を見せて、向こうから殺害したことを仄《ほの》めかす言葉を引き出せれば作戦成功。

逆にそれ以外は全て失敗。俺がただ女装して外出しただけになる。

「……もし違ったら凛音に戻してもらお」

時刻は午後八時前、そろそろヘルアイラが到着してもおかしくない。

彼女を待つ間、手持無沙汰《ぶさた》なのでメモ帳を見返すことにした。スマホは光源になって遠目から見えてしまうので自粛《じしゅく》。

いやぁしかし、俺が早見諌早であると凛音から聞かされた時は、自分が文章の末尾にハートマークをつけるような奴なのかと思って背筋が凍ったが、そうじゃなくて本当に良かった。

パラパラとページを捲《めく》りながらそんなことを思い、やがて巻末に辿《たど》り着いた後、何げなく、メモ帳のカバーを外してみる。

いかんな、漫画だとここにも絵が描いてあったりするから、いつものクセでついやってしまった。そもそもメモ帳は白紙で売るものだというのに――

「……え」

剝《む》き出しになった表紙には――上から下までびっしりと文字が書かれていた。

『このメモ帳を開いているということは、私は既にこの世にいないのでしょう。というか、これを貴方《あなた》がいつ読んでるか分からないからこっちのテンションも設定しづらくて、いまいち筆が乗りません。目が覚めてすぐだったらなんの感慨《かんがい》もないでしょうね。文体とか、ハートマークをつけるかどうかとかも、ちょっと迷っています』

「これ、早見の……」

早見の……なんだ？　遺言？　ジャンルが分からんな。

『ここの文章は貴方に一番読んでほしい部分なのだけど、中に書いておくと貴方がうっかり誰かに見せちゃうかもしれないから、仕方なく、表紙にひっそりと記述することにしました。やっぱり本のカバーの下って見ちゃうわよね？　きっと、中を全部読み終えて暇《ひま》だったから開いたんじゃない？』

当たってるけど、なんか腹立つな……。

『じゃ、私たちの【究明証】を記しておくわ。【楽　園《アンチ・ディストピア》】。もう忘れちゃダメよ？』

「急になんだ、びっくりした……！」

今まで散々無駄話を書き連ねていたのに!?

俺が追い求めていた自身の【究明証】のフルネームがこんなにもあっさりと……。

『発動する際はこう、別世界への扉を開くイメージで。どうせならカッコイイ決め台詞《ぜりふ》を叫んでほしいわ。それと……あ、もう表紙のスペースが埋まってしまうのでこれ以上は書けません。自分で使ってみてね♡　『門』さえ開いてくれたら勝手に他の私が来ると思うから』

「え、ちょ、ここで終わり？　配分ミスだろ。絶対もっと詳しく書けたって……」

てか、もっと分かりやすいところに書いとけよ！

下手《へた》したら一生、気づかないままだったかもしれないじゃん！

なんて、心の中で絶叫していると。

——コツ、コツ、コツ。

入り口の方から足音が聞こえてきた。

「………………」

もう、メモ帳にツッコんでいる場合ではなさそうだ。

ビル内に響く足音が多い。一人ではなく何人かいるっぽいな。

スマホはあらかじめボイスレコーダーを起動してある。準備は万端。

じゃ、行こうか。真剣な表情を作って、しっかり目に力を入れて……っと。

こちらに向かってくるヘルアイラたちの前に——立ちはだかるようにして。

俺は暗闇から足を踏み出す。

「…………ん」

進行方向に突如《とつじょ》現れた人影に気づき、ヘルアイラは立ち止まる。

背後に三人の人間を従えている彼女は、俺の人相を確認し——眉をひそめた。

「……待ち合わせをしたつもりはないいんだけどね、早見」

「………………」

「ふふ、さすがに驚いてるよ。確かに殺したはずなんだけどな。君の【究明証】が不死身だろうと、死んだ後に生き返るような代物《しろもの》だろうと——ここにいるはずはないのに」

闇の中で、純白のセットアップに身を包んだ探偵が笑う。

まるで天使のような柔らかな笑みの奥に——冷酷さを垣間《かいま》見せて。

「…………」

確定か。

正直、当たってほしくはなかったが……。

言質《げんち》は取った。確実に。

「けど、うん、早見はやっぱりこうじゃなきゃね。あの時の君は【究明証】も使わずじまいで死んじゃったから味気ないと思っていたんだ。また会えて嬉しいよ」

「人違いだ。俺は、お前が殺した早見諫早じゃない」

「その声……早見では、ない？　別人の変装なら見抜けるはずなんだけど、そういうレベルじゃないね。姿を好きに変えられる【究明証】かな？」

ヘルアイラは動じる様子もなく、飄々とした態度を保っており——

ただの日常会話のように、自《みずか》らの疑問を口にする。

「早見のことを知っているのなら究明機構の人間で間違いないか。でも、あの子の姿を知っているのはおかしいね。『シャンゼリゼ』の幹部でもないのに」

「ああ、だから正確には俺も知らない、忘れてるから」

「忘れている？　……あ、はいはい、うん、ようやく合点《がてん》がいった。いったいどこの誰かと思ったら、あの時の」

「どの時のだ」

「私たちが早見を襲った時、彼女はなぜか一人じゃなかった。もう一人、仮面をつけた人間が一緒にいたんだ。多分、それが君じゃないかな」

「…………」

やはり、早見は二人だけで決戦に赴《おもむ》いたのか。

そして敗北した、と。

「戦闘中、その仮面の子は早見を庇《かば》って私の【究明証】で記憶が消えてしまった。その後、逃げようとした早見をここに追い詰めた時にはなぜかいなくなっていたんだけど、あの時は早見を始末することが最優先事項だったから――ま、生き残ったところでどうせ何も覚えていないしね。君のことはひとまず放っておいて問題ないと判断したんだ」

「なるほど、な。おかげさまでなんにも覚えてないよ」

「じゃ、どうして私に辿り着いたのかな?」

「玖条凛音に会ったからだ」

「……そういうこと。あの子、早見にベッタリだったもんねぇ」

「お前が灯華やリリスに手を回して、凛音を捕らえるように吹き込んだんだな」

「ん、まぁそうだね」

ヘルアイラは首肯《しゅこう》する。

「玖条ちゃんの仕事ぶりは、頭がいいとか先見の明があるとか、そんな言葉じゃ表せないくらい規格外だった。だからずっと推測を立てていたんだ。それで、『時間を戻せる』か『未来が見える』、このどちらかが有力説になった」

つまりその答え次第では、ヘルアイラは早見より先に凛音を狙わなければいけなくなる。早見を殺そうとしても、魔女が時間を戻せるとしたら――殺害は絶対に叶《かな》わないから。

「……それで?」

「結局、検証がてら、凛音ちゃんの方から狙うことにしたんだ。遠方からライフルで狙撃して、殺せなければ『未来視』。『時間遡行《そこう》』だったら時間を戻す間もなく即死。効率的だろ?」

「………」

なんて非道なことを考えるんだ……こいつ。

「だけどね、その前に、想定していたよりも早く早見に尻尾を掴まれて、私たちはあの子を口止めのために襲わざるを得なくなった」

ヘルアイラは言う。

「予定外ではあったけど、結果的に私は賭けに勝った。早見が死んだことで確定したんだ。玖条ちゃんの【究明証】は数時間程度の未来視であると。時間を戻せるなら当然、早見の死を阻止しようとするだろうからね」

「……ああ、だからか」

あの辛口《からくち》の凛音が手放しで賞賛するほどの実力を持つお前が、どうして敗北したのか……ずっと気になっていた。

用意周到で警戒心の強いヘルアイラを引きずり出すために。

凜音の【究明証】を脅威ではないと誤認させ、彼女を凶弾《きょうだん》から遠ざけるために。

お前は死を選んだのか——早見諫早。

「なぜ、早見を殺した？」

「知りたい？」

「——ヘルアイラ様、付き合う必要はないかと」

と。

彼女の背後で静かに佇《たたず》んでいた三名のうち、真ん中の人間がヘルアイラに耳打ちした。

見た感じは全員男性。揃《そろ》って軍服を思わせるデザインの服を着ており、その立ち姿だけでもかなり戦闘慣れしていることが分かる。

「命令していただければ迅速《じんそく》に始末いたします」

「もう少し待ってくれるかい。本当に早見と喋《しゃべ》ってるみたいで面白いから」

「——かしこまりました」

男はヘルアイラに一礼し、再び背後に下がった。

「さぁ、話を続けようか」

「……その人たちは誰なんだ」

「ん、早見の件はいいの？」

「答える気がないなら別にいい。組織を裏切った人間の犯行理由なんて——」

「あぁ、惜しいね。裏切ったという言い方は少し違う。最初からずっと殺す気だった」

「……は？」

「君は私が『シャンゼリゼ』から離反したと思ってるんだろうけど、私は元々、究明機構の敵なんだ」

「な、なにを言って……」

究明機構の探偵が、究明機構の探偵を殺した――それは大前提のはず。

【究明証】に値《あたい》する能力を持った人間が、全て善人だとは限らない。自分だけに許されたスペックを好き放題に使いたい人間だって大勢いる。私はそちら側の人間だ」

困っちゃうよね、と。

ヘルアイラはやや辟易《へきえき》したような口調で続ける。

「早見は本当に優秀でさ、彼女があのまま生き続けていたら、そのうちこの世界から悪い人がいなくなっちゃうところだった」

「いいじゃないか、それで」

「必要なんだよ、悪いものも。だってさ、お酒もタバコもお菓子も、本来は人間の体に必要なものじゃないだろ？　でも、なくなったら困る人がたくさんいるよね？」

「屁理屈だ。そういうものと一緒にするな」

「同じさ。争いがあるからこそ武器が売れる。悪人がいるからこそ『安全』というものに価値が生まれる。ボディーガードや警備員、大規模なセキュリティシステムから一般的な防犯グッズに至るまで、それを商売にしている善人だって、少なくないはずだよ」

「…………」

「ま、将棋でいうところの飛車角落ちみたいなものさ。悪人側が不利になりすぎないよう、早見には退場してもらった」

そう、自らの持論を語るヘルアイラの目には狂気が。

そして、その言葉には瘴気《しょうき》が宿っている。

「私は探偵というよりスパイだ。早見を殺すために究明機構に入った。闇の世界が居心地のいい場所である私にとって、彼女は邪魔だったから」

「自分の都合で早見を排除して、次は凛音か」

「さぁ、どうだろうね。嫌っていうならやめてあげてもいいよ」

彼女の口調や声音からは、あまり感情が見えない。

ヘルアイラの言うことのどこまでが本心なのか、まったく探れないでいる。

「それにしてもさ――」

どこか自嘲気味に。

「ぽっと出の私なんかがラスボスっていうのは、ちょっと冷めない？」

なんて、ヘルアイラは新たに、あらぬ方向に飛躍した話題を切り出す。

……何を言いだすかと思えば。

「それは仕方がない。お前がほとんど俺の前に現れないし、全然ヒントもくれないから、こんな方法で確かめるしかなかったんだろうが」

「それは私を褒めてるのか、それとも責めているのか、どっち？」

「後者だ。俺以外の人間にしてみれば、お前は特段、怪しい点があるわけじゃない。普通にシロだと判断されるくらいには潔白に見える」

「だったら、どうして？」

「俺の主は、外見から内面に至るまで真っ黒でな。チェスにおいて、黒の敵は白——だから、お前は俺の敵かもしれないと、そう思った」

「ふぅん、そんな言葉遊びではぐらかされるなんて、いやはや〈ナンバー3〉として立つ瀬がないね。君さ、ノックスの十戒《じっかい》って知ってる？」

「知らん、お前の【究明証】か？」

「違う違う、ミステリーのお約束っていうか、いわゆる禁則事項かな。『犯人は序盤から作品に登場している人物でなければならない』とか、『トリックに超能力などを使ってはならない』とか、それを破ると見る人が興醒めしちゃうような要素のこと」

「なるほど。犯人が最後にいきなり出てきたら、見てる側は考える楽しみがないもんな」

　トリックだって、明かされたときに納得できないとつまらないし。

「わかってくれたかな？　君がいまやっているのは、そういうことさ」

「いや、それは違う」

「なぜ？」

「俺はミステリーものの主人公じゃない。優れた推理力もなければ、いきなり依頼人が訪ねてくるような事務所も構えてない」

もし該当《がいとう》する人物がいるとすれば。

それは、友人を殺した犯人を追うために未来から戻ってきた誰かさんや、組織内に潜《ひそ》む敵を引きずり出すために自らの命を賭《と》した者。

そういう、明確な「使命」を持った人間こそが――主人公にふさわしいのではないのだろうか。

だから俺は違う。

「俺はただの、【魔女】の眷属だ。それ以外の何者でもない」

玖条凛音の物語には、ずっとお前がいたはずだ。

凛音はアレでも結構優秀だし、時間を戻せば調査だって好きなだけできる。

だから、ヘルアイラのことも、疑ってはいたんだと思う。

「事前に面識のあるあいつから見れば、お前は作品に序盤から登場してる人物だし、超能力じみた【究明証】だって、当人にとってはごく当たり前のものだ。そのノックスのなんたらには引っかかってない」

「ふふ、面白い答えだ。私なんかに言われても嬉しくないだろうけど、君は結構、主人公に向いていると思うよ。……とはいえ、そろそろお喋りは終わりだね。リリスさんを外に待たせてるんだ。あまり長居はできない」

そう言って、手元の時計に目線を落とすヘルアイラ。

今日、彼女がここに来たのは――

「灯華の持ってた早見の名刺を見て、まだ自分が処理してない証拠が残ってるかもと考えたんだろ？　だからまたここへ来たんだ。ついでにリリスの記憶も消しに」

早見の名刺が残されていたのは三階。このビルの表記だと「No.3」のフロア。

さっき入り口に「No.1」と書いてあるのを見て、容疑者から逆算する形で判明した、非常に単純なダイイングメッセージである。

「早見は、七階建てのビルを『シャンゼリゼ』の幹部に見立てて、その三階に血のついた名刺を残した。〈ナンバー3〉のお前が犯人だと示すために」

「かもね。本当はさ、早見は三階で事切れたんだよ。けど、僅かにでも疑いの目を向けられると困るから四階で発見したと報告した。名刺を灯華ちゃんたちに見つけられたのは誤算だったよ。やはり私には探偵の才能がないらしいね」

そんな皮肉めいた言葉の後に続けて――

「さて、それじゃあお開きにしようか。……さぁ、用意を」

「――はい」

ヘルアイラがそう呟くと、背後に立っていた三名は腰から銃を取り出し、構えた。

おいおい、なんか武器持ってるじゃん……。

「当たり前だろう。『ニライカナイ』の第5師団長と、その腹心が二人だ。記憶を消して、私の忠実な手駒になるように情報を与えている」

「……なるほど、ね。凛音にとっての俺みたいなもんか」

戦闘のエキスパートなら武器の所持は納得できるが……丸腰で来ちゃったよ、俺。

死ぬんじゃない？　普通に。

と、そこで。

――――♪

俺のポケットからスマホの電子音が聞こえてきた。

「……あぁ、気にしないでくれ」

閑静《かんせい》なビル内に、心地よいリズムの音楽だけが響く。

着信を出さずに放置している俺を見かねてか、ヘルアイラが不思議そうに口を開く。

「……鳴ってるよ、スマホ」

「いいんだ、気にすんな」

「玖条ちゃんからじゃないの？」

「かもな」

八時を過ぎたのに音沙汰《おとさた》がないから心配してかけてきたんだろう。

しかしまぁ、元より電話を繋いでおくつもりはなかったのだ。

ここでの会話は――彼女にはショッキングなものが多すぎると思ったから。

「本当に出なくていいの？　最後のお喋りになると思うよ」

「いい。どうせ出ようとしたら襲いかかってくるだろ」

「あはは、よく分かったね。……じゃ、もういいか。頼むよ、玖条ちゃんを排除するのにこうも最適な駒はいない。できれば生け捕り、無理なら顔以外を狙って殺して」

「御意《ぎょい》」

「早見のそっくりさん、うん、気に入ったよ。君もぜひ、私のものになってほしい」

「悪いが——俺には既にご主人様がいてな」

俺が負けてると不服そうな顔をするんだよ、あいつ。

魔女の記憶の中にいる早見諫早は、どうやら完全無欠の探偵らしいから。

いい加減、彼女の援護ナシで勝たないとな。

これでも一応、『シャンゼリゼ』の〈ナンバー2〉なんで。

「仕掛けるぞ」

リーダーらしき中央の男の合図で、三人はそれぞれ、正面、右、左と散開して様々な角度から俺に銃口を向ける。

相手は、あのリリスでさえ幹部になれないほどの戦闘力を有している組織の精鋭。

普通に考えれば、戦闘どころか腕相撲でさえ勝負になるか怪しい。

だけどもし。万が一。

ヘルアイラの言う通り、俺が物語の主人公だとするならば。

名前も知らない『ニライカナイ』の奴らなんて——脇役もいいとこだ。

蹴散らすぞ！

【楽園《アンチ・ディストピア》】——開門！」

「撃て！」

相手の銃撃とほぼ同時に、あっちの早見のお望み通り、それっぽい口上《こうじょう》を叫んで【究明証】を発動。

その瞬間。

ピキッ——と。

目の前の空間にヒビのようなものが入り、その空間の亀裂《きれつ》を蹴り破るようにして、空中から一人の人間が降り立った。

「……え」

突如《とつじょ》目の前に現れた仮面の少女は、飛来する銃弾に向けて手をかざす。

すると、銃弾は俺たちに直撃することなく、その手前でガラスが割れたような音を立てながら空間に穴を開け、どこかに消えていった。

それを見届けた仮面の少女はこちらへと向き直り——鬱陶《うっとう》しそうに首を振る。

「……これ、息苦しいのよねぇ。貴方はノリノリでつけていたけど、こういうロマンって、多分、男の子じゃないと響かないわ」

やっぱり私はない方がいいかも、と彼女は仮面を外す。

「…………」

目が眩《くら》む閃光のように白い肌、帳《とばり》を下ろす暗闇のように長い黒髪。

たった二色だけで構成されているんじゃないかと錯覚してしまう、現実味のない、まるで漫画のキャラみたいな——モノクロチックな人間。

知らない人だが、誰ですかと訊く必要はなさそうだった。

「……は、早見」

「ええ、早見よ。貴方もそうだけどね」

「し、死んだんじゃなかったのか……？」

「性別が同じだから紛《まぎ》らわしいでしょうけど、私も貴方と同じく、死んだ早見とは別人よ」

「……これは今、どういう状況なんだ？」

「貴方が私たちを呼んだから、戦いに来たのよ。どうしてそんな驚いた顔をしているのかしら？『門』を開いた以上、【楽園】のことは理解しているはずだけど」

「いや、俺が知らされたのは【究明証】の名前だけだから……」

だからまったく、現状を把握できていない。

「あら、そうなの。まぁ私らしいわね。その、他人には優しいのに自分に対してはいい加減な感じ」

早見は呆れたように肩を竦《すく》め、それから敵方を見やる。

「のんびりとレクチャーをしている暇《ひま》はなさそうだけど、問題ないわよね」

「あると思うよ……」

「名前も知らない脇役相手に私たちが負けるわけないわ。蹴散らしましょう」

「……それはもうさっき俺が言った」

予想外の出来事に混乱している俺と同様――

状況が呑み込めないのは、向こうも同じらしい。

『ニライカナイ』の探偵は、背後で優雅に構えている天使へ確認を取る。

「ヘルアイラ様、あれは……」

「うん。早見に見えるね。だけどやることは変わらない。制圧して」

「はい」

命令を受けた『ニライカナイ』の探偵三名は、再びそれぞれが散開して攻撃を試みる。

早見はそんな三人を慈《いつく》しむような視線で捉《とら》えながら――言う。

「私、すごく人見知りなの。だから、そんなふうに大勢から注目されると恥ずかしいわ。……すぐに解放してあげるから、ちょっとだけ我慢してね。【楽園】――開門」

言って、早見が指先をゆっくりと『ニライカナイ』の探偵へ向けると。

俺たちを取り囲もうとする彼らを、さらに取り囲むようにして、大勢の人影が空間を引き裂いてその姿を現した。

ドゴッ！

どこからともなく出現したその仮面の人物は、左から回り込もうとしていた『ニライカナイ』の探偵を蹴り飛ばす。

「ぐはっ!?」

不意を衝《つ》かれて地面を転がった先にはまた別の人影が彼を待ち構えており、その首筋に手刀を打ち込み気絶させた後、身体を押さえ込んで拘束する。

それを見た右側の探偵は、仲間を助けるべく人影に銃口を向ける——が。

いかんせん、数が多すぎる。

いつのまにか背後にいた、さらに別の人物によりその銃は叩き落とされた。

「バカな、潜伏しておけるような場所はないのに、いったいどこから！　……ぐっ！」

『ニライカナイ』の探偵は振り向きざまに抜いたナイフで人影を切りつけようとしたが、その切っ先が獲物を削《そ》ぐことはなく、ギリギリで回避されてカウンターの肘《ひじ》打ちをくらう。

それにより意識を飛ばした彼を、近場にいた人影たちが四人で一斉に。

空間の裂け目から引き抜いた数本の短剣を次々と、計四箇所、衣服の袖《そで》と裾《すそ》越しに壁へ突き刺し——磔《はりつけ》にした。

……強《つよ》っ。

「これが全員、仮面の下は早見なのか……」

「ええ、そう。今回は時間がないから、なんの趣《おもむき》もない人海戦術で片をつけるわ」

「……終わればいいけどな」

既に『ニライカナイ』の探偵三名のうち、二人は無力化した。

だが、どうやら最後の一人は一瞬で仕留めきれなかったらしい。

「――俺に近寄れると思うな」

暗いビル内を照らすようにして――

先程からヘルアイラと度々《たびたび》会話をしていたリーダー格の探偵は、自らの足元から燃え盛る炎を発生させ、早見たちによる全方向からの同時攻撃を牽制《けんせい》した。

うわ、炎か……マジで戦闘向きの能力じゃん。

「これで数的有利はなくなった。速《すみ》やかに本体を潰す」

周囲に高熱の炎を侍《はべ》らせたまま、『ニライカナイ』の探偵は高速でこちらに向かってくる。

「綺麗ね、松明《たいまつ》みたいで」

「そんなこと言ってる場合か。どうすんだ、このままじゃ二人とも丸焦《まるこ》げに――」

「ならないわよ。貴方が『門』を開いている以上、万が一にもありえない。それより反撃する時の決め技を考えた方がいいわ。フィニッシュは貴方に任せるから」

そう言って、俺の背後にスッと隠れる早見。

その突飛《とっぴ》な行動に俺が動揺するよりも早く、『ニライカナイ』の探偵が叫んだ。

「燃えろ！」

超がつくほどの至近距離で、炎を帯びた拳が放たれる。

直撃はもちろん、掠《かす》るだけでも周囲の炎により大ダメージは避けられない。

しかし。

そんな『ニライカナイ』の探偵の攻撃は、文字通り空《くう》を切った。

より正確にいえば、銃撃の時と同じように、パンチの衝撃で目の前の空間にヒビが入り、そこで拳が停止しているような状態である。

無効化されているのはその打撃だけではなく、彼から放出されている炎すらも、俺に触れる直前で、空間に亀裂を作って消え去っていく。

炎の渦が目の前にあるというのに、その熱さを感じることはない。

「なんだこれは、ただの人間が、俺の炎を耐えられるはずは……」

「ええ、いくら私たちでも普通に火は熱いわよ。これはただ、届いていないだけ」

怪訝そうな『ニライカナイ』の探偵へ、早見が俺の肩越しに顔だけを出して説明する。

「【楽園】に繋がる『門』を顕現《けんげん》させている状態なの。それをくぐることができるのは、私と、私が認めた可憐《かれん》なものだけ。だから銃弾や炎なんかじゃ絶対に無理。可愛くないもの」

「なんだと……？」

「要するに、貴方たちの攻撃は届かないわ。もしネイルにでもこだわっていれば、指先くらいは通してあげても良かったけれど」

「ふざけるな！」

真面目さの感じられない早見の解説に激昂《げっこう》した『ニライカナイ』の探偵は、懐《ふところ》から素早く銃を取り出して――引き金を引く。

僅か数十センチの距離から俺の顔を狙って発砲された銃弾は、やはり、まるで鏡を撃ち抜いたように空間へ穴を開けるばかりで、その威力は発揮されない。

それどころか。

「はい、それじゃあもう、終わらせましょう」

早見が指を鳴らすと。彼の周囲を覆《おお》っていた炎は全て、新たに発生した空間の亀裂に飲み込まれ、消え去った。

「バ、バカな……!?」

「さぁ、最後は貴方がカッコよく決めてちょうだい」

「……了解した。お膳立てどうも」

『ニライカナイ』の探偵の炎が途切れた隙を衝いて、他の早見と共に一斉攻撃を開始。

まず、早見（1）が素早いローキックで相手の体勢を崩し、手元を狙った攻撃で銃を手放させる。それを横から早見（2）が蹴りつけて、こちらへ吹っ飛んできたところを早見（俺）が渾身《こんしん》の一撃でノックアウト。最後に早見（俺の背後にいた奴）が空間の裂け目から取り出した手錠をかけてフィニッシュ。

「………………」

なんか数学の文章問題みたいだな。

問1　『ニライカナイ』の探偵を制圧するのに参戦した早見は、全部で何人でしょう?

みたいな。答えはまぁ、ざっと十人ぐらいか。

大して働いてない奴も割といたけどね。俺みたいに。

ともあれ。

「決着だ、ヘルアイラ。おとなしく降参しろ」

俺は『ニライカナイ』の探偵たちが落とした銃やナイフを拾い上げながら、投降を呼びかける。

彼女が引き連れていた側近たちは全て無力化した。

勝敗はついた——はずなのに。

「ふふ、なんだ、本当はそこそこ戦えるんじゃないか、君」

と、その表情はここに来た時と一切変わらず、余裕そうな薄ら笑いのまま。

「本気で降参させたいなら、銃口を向けるくらいのことはした方がいいかもね」

「危ないから回収しただけだ。撃つつもりはない」

「眷属君。君さ、彼らに勝って満足してる？　もし、自分の勝利を番狂わせだって思ってるなら、その考えは間違いだよ」

「どういう意味だ」

「勝って当然ってこと。幹部同士の実力を比べた場合、単純な戦闘能力だけでいえば『ニライカナイ』だろうけど、実際に戦えば、勝つのは『シャンゼリセ』の探偵さ」

ヘルアイラは言う。

「究明機構を人体に喩《たと》えるなら、『ニライカナイ』は手足。『シャンゼリゼ』は感覚器官だ。どんなに屈強な人間だろうと、敵を目視できなきゃ攻撃できないし、目を突かれればダメージを受ける。もし君が究明機構と戦うならどうするか、ちょっとだけ、悪人側に立って考えてみてよ」

戦って勝てない相手がいるなら、その相手と戦わないように立ち回ればいい。

「つまり、悪党は戦闘力の高い『ニライカナイ』に駆逐《くちく》される前に、対策として――自分たちの悪事を捕捉する『シャンゼリゼ』の探偵を排除しようと考える、と」

「その通り。だからこそ究明機構は、戦闘、諜報《ちょうほう》、状況判断と、あらゆる能力に秀でた探偵を、他の二か所よりも優先して『シャンゼリゼ』の幹部に任命している」

「…………」

「だからさ、素性《すじょう》を隠したうえで『シャンゼリゼ』のナンバー持ちまで上り詰めたということは、私は案外、優秀なのかもしれない」

なにより――とヘルアイラは言葉を続ける。

「私は早見を襲ったんだ。それがどういうことか分かる？　究明機構の、最強の探偵を殺そうと思ったんだよ。なら当然――殺せる算段があったに決まってるよね？」

そう言って、彼女はゆっくりと歩を進め、俺の前に立つ。

「無駄だ。今の戦闘を見て分かる通り、俺に攻撃は通じないらしい」

「みたいだね」

ヘルアイラが俺に向けて伸ばした手は、お互いの身体が触れる直前で『門』によって隔《へだ》てられた。

興味深そうに、その空間をコンコンと軽快に叩くヘルアイラ。

「不思議な感覚だ。アクリル板みたい」

「諦《あきら》めがついたか。手錠を渡すから自分でかけろ」

「いいよ。だけどその前に、お別れのキスを済ませてからね」

と、ヘルアイラはその鮮やかな緑色の目を見開いて――狂気を孕《はら》んだ声色で呟く。

「雪辱《せつじょく》してあげて――【天使《ドライ・イスラフィール》】」

俺がその言葉に反応する前に。

ヘルアイラは軽く背伸びをして、その麗《うるわ》しい顔を俺に近づける。

そして、目の前の空間が「ピキッ」と砕けるような音を立てた直後。

チュッ――と。

淡いピンク色の唇が、俺の唇に重ねられた。

「……っ!?」

なんで俺に触れることができ……いや、ていうかなにをして……!

俺はヘルアイラを振り払い、一歩後ろに下がる。

「残念。あと少しで記憶も消せたのに、ね！」

「ぐっ！」

動揺のあまりモロに膝蹴《ひざげ》りをくらい、持っていたナイフが宙を舞う。

ヘルアイラはそれを空中で掴み、勢いのまま振り下ろした。

手元を切りつけられた俺は、その痛みで思わず銃を手放してしまう。

それでも、どうにか反撃しようとしたものの――

ドス。

「……っ！」

腹部に鋭い痛みを感じ、思考よりも先に肉体の反射で後方へ飛び退《の》く。

緩慢《かんまん》な動きで銃を拾うヘルアイラの手元には、持っていたはずのナイフが見当たらない。

マズい、刺された。

こういうのって、応急処置できない状況だと下手《へた》に抜かない方がいいんだっけ……。

辺りを見回すと。

先程まで一緒にいたはずの早見たちの姿が、一人残らず消えていた。

なんだ、何が起こった、攻撃されたような感覚は少しも……。

「お前、いったいなにを……」

「そんなに驚かなくてもいいじゃないか。君が忘れているだけで、キス自体は二回目だよ」

「そういうことを言ってるんじゃゃ……」

「ふふ、まぁ、すぐに分かるさ」

言いつつ、ヘルアイラは銃を構える。

「！」

俺は咄嗟《とっさ》に、近場の遮蔽物《しゃへいぶつ》である大きな柱を目指し逃げ込もうとするが――

バン！　バン！　バン！

パリン、パリン、ドシュ。

ビル内に響く乾いた音。僅かに逸れた一、二発目は近場の窓ガラスを割り——

その三発目は、見事に俺の左足を貫《つらぬ》いた。

「ぐぁ！」

立っていることができなくなり、叩きつけられるような形で床に転倒する。

いってぇ……なんだこれ、銃撃ってこんなにも……！

だがどうにか柱まで辿り着かなくては、たとえ這《は》ってでも——

バン！

「ぐ、う……！」

地面を這おうと右手を伸ばした瞬間、その手を撃ち抜かれた。

「よし、これでもう遠くへは逃げられないね」

動きの止まった俺のもとへ——ヘルアイラは悠々と近寄ってくる。

「なんで攻撃が通ったんだろうって思ってるよね？　さっきまでは『門』とやらに守られて効かなかったのに、なんでだろうって、思ってる？」

「あぁ、思ってるよ。思ってるから教えてくれ」

「眷属君は聡《さと》い人間だ。薄々分かってるんじゃない？　他のお仲間がいなくなって、『門』とやらも機能していない。ということはつまり？」

つまり。

できれば考えたくはないが……それ以外には思いつかない。

「【究明証】を……消した」

「ご名答。といっても一時的にだけどね」

「き、記憶以外も消せるのか……」

「何を消せて、何を消せないのか、教えてあげてもいいよ？」

「……結構だ。戦いはまだ、終わってないぞ」

俺は、まだ傷を負っていない左腕を支えにし、どうにか立ち上がろうとする。

しかし。

「おっと、私の許可なしに動かないように」

「……ぐ」

ヘルアイラから足で押さえつけられ、再び無残に床へ這いつくばった。

「君はもう詰んでいる。残された選択肢は、このまま死ぬか、私の言うことを聞くかだ」

「じゃあ……殺してもらえるか」

「つれないねぇ。話くらい聞いてくれてもいいじゃないか」

足に込める力を強めながら、彼女はまるでサークルの勧誘でもするかのように、楽しげに切り出す。

「ねぇ、私の仲間にならない？　これは君にとっても悪い話じゃないよ。遅かれ早かれ、将来的に究明機構の幹部は全員始末する。だけどもし、君が協力してくれるなら、善悪のパワーバランスはこちらに傾く。つまり私が究明機構を壊滅させる理由はなくなるわけだ」

「……断ると言ったら」

「余計な記憶をあらかた消して、私の言いなりにさせる」

それは一番よくないな。

全身に力を入れ、押さえつけられたままの身体を無理矢理にでも起こそうとする。

「あまり動かない方がいい。無理したら本当に死んじゃうよ」

「いいんだよ、それで」

「……君さ」

不可解だとでも言いたげに。

ヘルアイラは俺の頭上から疑問を投げかける。

「どうして玖条《くじょう》ちゃんに従ってるの？　過去にどんな付き合いがあったか知らないけど、今の君にとって彼女は、何も知らない他人だろ？」

「何も知らない……なんてことはないさ」

食べ物は意外と、あんこや抹茶、うどんといった和風のものを好んでいて。

イルカやクジラのような目立つ大型の生き物より、イワシのように群れを成して泳ぐ小魚の方が好きで。

朝起きるのが遅くて、ついでに寝起きが悪く。

いつも全身黒ずくめのコーデのくせに、下着だけは白が好み。

銀色の髪をツインテールに纏《まと》めた時の、ツンツンした角《つの》みたいなリボンと、目元のほくろがチャームポイントで、頻度《ひんど》こそ少ないが、笑うと、世界中の誰よりも——

うん。だから、そう。何も知らないなんてことはない。

「俺のご主人様が、世界一可愛くて美しいことくらいは知っている」

魔女の秘密を喋ろうとして言い換えられたのではない。

今回だけは真意だ。心の底から、彼女を礼賛《らいさん》する言葉として言った。

「俺が凛音の味方をする理由なんて、それだけで十分だろ」

「おぉ、カッコいいねぇ。じゃあ、私からもメリットを提示するよ。君が一緒に来てくれるなら、記憶を戻してあげる。知りたいだろう？　今までの自分のこと」

「……そんなもんが交換条件になるか」

そりゃあ、記憶が戻るに越したことはない。

けどな、過去のことを知りたいとか、そういう思いは現状、取るに足らない些事《さじ》だ。

今はただ。

「俺は凛音に悲しい思いをさせた人間を許さない。だからお前は絶対に捕まえる」

「……そうかい。面倒だな。もう一度記憶を消した方が早いね。今度は私の配下として可愛がってあげるよ。じゃ、バイバイ」

なんて、呆気《あっけ》なく別れを告げ、ヘルアイラが【究明証】の名を口にしようとした刹那《せつな》。

カツン——カツン——と、甲高《かんだか》い足音がこちらに近づいてくる。

……あぁ、そうか、リリスが銃声を聞きつけて様子を見に来たんだ。できれば巻き込みたくないが、今の状況だとそうも言ってられない。どうにか凛音への連絡を頼めれば——

そんなことを考えながら足音のする方向を見て、頭が真っ白になった。

意識が遠のきかけているので視界は霞《かす》んでいるが——それでも。

俺が彼女の姿を、見間違えるはずはない。

「……なんで、ここに」

暗闇の中から現れた少女は、ヘルアイラを睨みつけながら言う。

「——私の眷属に変なプレイを仕込まないでくれる？　その足、いますぐどかして」

そこには。

夜に溶け込むような漆黒《しっこく》の魔女が——立っていた。

なぜ、お前がここに……。

彼女の来訪はヘルアイラもさすがに予想外だったらしく、首を傾げている。

「んん、どうして玖条ちゃんがこんなところに？」

「アンタに話す必要はないわ。眷属から離れなさい」

言って、迷いなくこちらへと歩いてくる凛音。

「おい、やめろ。来るな……」

「どうして？　ヘルアイラに踏まれてるのがそんなに嬉しい？」

「眷属君は君を心配しているんだよ。私が持ってる銃が見えないの？　止まりなよ玖条ちゃん。

それ以上近づいたら撃つからね」

「お好きにどうぞ。私のこと殺したいんでしょ?」

ヘルアイラからの警告を受けても、魔女はその歩みを緩めようとはしない。

「まさか君まで銃弾を無効化したりしないだろうね。まぁいいや、とりあえず試そうか」

バン。バン。

「…………っ」

銃弾はどちらも――凛音の上半身に命中した。

「凛音!」

「うるさい。大きな声、出さないの」

華奢《きゃしゃ》な身体に二発もの銃弾を受け、彼女は体勢を大きく崩す。

しかし。

傷口から流れる血が脚を伝い、そのまま床を染めようとも。

魔女は赤い軌跡を残しながら――再び歩きだす。

「まさか本当に、策もなしに向かってきていると?」

なんの抵抗もなく致命傷を負った凛音へ、呆れたような反応を見せるヘルアイラ。

「玖条ちゃんの【究明証】は未来視だよね?　いくら先が見えていてもさすがに銃弾は避けられないよ。撃たれることが分かっているなら来なければいいだけの話なんだが――そんなに大事なのかな?　この眷属君が」

「ええ——そう」

一瞬の間《ま》もなく。

玖条凛音は肯定する。

「おとなしく家で待っていることもできないくらい大切なの。ずっと一緒にいたいくらい大好きなの。だから……」

フラフラとした足取りで俺の前まで辿り着いた彼女は、凍《い》てつくような視線でヘルアイラを見上げる。

「私の眷属から離れなさいって、言ってるでしょ」

「……正気かい？　その傷じゃ、眷属君よりも先に君が死ぬよ？」

「ならいいじゃない。あと一、二分だけ……私が死ぬまで待ってなさいよ」

「無理な相談だね。何が目的なのか分からない以上、一刻も早く殺させてもらう」

凛音の胸に銃口を突きつけ、ヘルアイラは指に力を込める。

「やめろ……！」

カシャン。

銃弾は発射されなかった。

「なんてね。もう八発撃っちゃったから弾切れなんだよ、これ」

「これだけ有利なのに、まだ、奥の手を警戒して試したのね。アンタのそういうとこ……本っ当に苦手だわ……」

そこで気力の限界を迎えたらしく、凛音は膝から崩れ落ち、俺の上に重なるようにして倒れ込んだ。

――その状態で。

ヘルアイラに聞こえないくらいの小さな声量で、彼女は語りかけてくる。

「……まったくもう、ボロボロじゃない……アンタ」

「お前に言われたくない。なんでここに来たんだ」

「心配、だったから」

「なにやってんだ。これじゃお前を説得した意味がないだろうが。あの時間返せ」

「でも、私が来なかったらアンタ、記憶……消されてたわよ」

「…………」

「あれ……死んじゃった？」

「……残念ながら生きてるよ。……ていうかお前、なんで避けなかった？」

「そりゃそうでしょ。あいつが、私を厄介だと思ったら【魔女】は消され、ゴホッ……！」

「……もう戻さないとマジで死ぬぞ」

「うん。じゃあ……一つだけ約束して。今度は一人で戦わないって……誓って」

「それはダメだ。俺と早見はお前を守るために……」

「あのね、私はアンタに、守ってほしいわけじゃないの。一緒に戦いたいのよ。私を守るために誰かがボロボロになるくらいなら……血みどろになってでも、その人と一緒に戦いたい」

凛音は、言う。

荒くなっている呼吸の合間に、無理矢理、絞り出すように。

「大切な、人間が、自分のために、戦ってるのを見てるだけって……案外、キツいでしょ？」

「……それは、まぁ」

文字通り、死ぬほどつらい。

「ふふ、だったら……今度は二人で戦いましょう。戦闘なんて、チェスと違って、痛いし、苦しいし、ルールもないしで、何一ついいことなんてないけど……二人なら、負担も半分に、なるし」

「でも、お前の知ってる早見諫早は、どんな問題も一人で片づける無敵の探偵なんだろ。だったら俺も……」

誰も巻き込まずに勝利するべきなのに。

「いいのよ。確かに、フルパワーの早見なら……自分だけで勝つんでしょうけど、アンタは今、私の眷属なんだから、不甲斐なくても……許してあげる」

「凛音……」

「私の、命令、聞いてくれるわよね……？」

「……ああ」

それがご主人様の望みであれば——遂行《すいこう》するまでだ。

ごめん、早見。お前は魔女を守るために命を懸《か》けたのに、俺のせいで結局、火中に飛び込ませてしまった。

せめて最終的に、彼女は無傷だったことにするから——それで、どうか許してくれ。

俺は。

今までの人生で一度も使ったことのない、文法上ありえないであろう言葉を口にする。

「凛音。今から十分前に、ここで待ち合わせをしよう」

「ええ、いいわよ……今度はもっと急いで来るから、それまで生きてなさい……」

「——ねぇ、ずっとヒソヒソなにを喋ってるの？　仲間外れは寂しいな」

と。

微塵《みじん》も心にないことを口走りながら、ヘルアイラは俺の前にしゃがみ込む。

「お別れの最中に割り込むようで悪いけど、もういいかな？　眷属君は連れていくよ。さ、余計なことは全部忘れようか。雪辱してあげて、【天《ドライ》——】

「——飛び去りなさい。【魔　女《チェックメイト・ウィッチ》】」

天使の口づけを振り払うようにして。

魔女は自らの眷属を連れ——過去の世界へ飛び立った。

←

「──燃えろ！」

どこに戻ったかと思えば。

俺の視界を埋め尽くしているのは『ニライカナイ』の探偵と、彼が放つ炎だった。

あぁ、三人目を制圧する直前まで戻ったのか。

「【楽園】に繫がる『門』を顕現させている状態なの。それをくぐることができるのは──」

背後にいる早見は、前回と同様に【楽園】の説明を行っている。

どうやら彼女は遡行を認識していないらしいが……。

説明している時間は無い。今はとにかくヘルアイラ戦のことを考えよう。

この戦闘が終わればまず間違いなく、向こうは俺の【究明証】を消しにくる。

そのタイミングで制圧できれば御《おん》の字だが……。

なにせ相手が相手だ。どう転んでもいいように可能な限り布石は打っておきたい。

ヘルアイラの警戒心の強さを考えると攻撃方法は一撃必殺が望ましいが、それを叩き込むだけの隙を作りだすのは、まぁ、同じく警戒心の強さゆえに困難だと推測される。

そんな彼女が油断するとしたら──やはりあそこくらいか。

俺は軽く振り返り、背後にいる早見へ目配せする。

(早見、フィニッシュはお前に任せたい。それと、戦闘が終わったらヘルアイラの相手をして場を繫いでくれ。ちょっとやることができた)

（急にどうしたの？　私なりに、貴方へ見せ場をあげようと思ったのだけど）

（もういい。一回やったから）

（……？　あぁ、なに？　まさか凛音ちゃんの【究明証】で戻ってきたのかしら？）

（そうだ。察しが早くて助かる）

（ということは私たち、また負けてしまったの？　これはいよいよ必殺技を出した方がいいかもしれないわね。ヘルアイラを殺しかねないから、できれば使いたくないけど……）

（気合いを入れてるとこ悪いが、お前はもうすぐ退場するからそんな時間はない）

（えぇ……それならもっと早く使っておけばよかった……）

ということで前回とは役割を交代し、相手の炎や銃弾を受けきった後の反撃は、全て他の早見たちが担当することに。

その結果、なんか俺が交ざってた時よりド派手なフィニッシュになっていた。

コンボ数とかが表示されていたら一目瞭然《いちもくりょうぜん》だと思われる。

「……よっと」

俺は足元に落ちていた銃をこっそり拾い上げ、早見たちを利用してヘルアイラからの視線を一瞬だけ切る。

これは、この後に奪われる『ニライカナイ』のリーダー格が所持していた銃。

早見が現れる直前に一発。炎を纏った状態で突進してきた後、至近距離で一発。それからヘルアイラの手に渡り、連続で三発。転倒した俺に一発で、凛音に二発。

これで計八発だな。今は六発残っているわけだから……よし。

(じゃあ、ちょっと頼むぞ)

(最善は尽くすけど、私、自分以外の人と雑談するのって苦手なのよねぇ)

んんっ、と軽く喉《のど》を鳴らし、早見は天使へ言葉をかける。

「──久しぶりね、ヘルアイラ」

「言うほど久しくもないよ。つい最近、別れたばかりだ」

「勝敗は決したわ。おとなしく降参しなさい」

「ふふ、まだ王手をかけただけじゃないか。勝負が決まるのは、どちらかが詰んだ瞬間さ」

言いつつ、ヘルアイラは優雅にこちらへ歩み寄ってくる。

(ねぇ、どれくらいかかりそう?)

(初めて触るから扱いが難しくて……あともう少し……)

(了解したわ。であれば、私が前に出て時間を稼ぎましょう。なんなら倒しちゃうかも)

そう言って(言ってはないが)早見は前方に駆け出しながら臨戦態勢に入った。

「君に私の相手が務まるのかい?」

「不服かしら?」

「不服だね。君は寒気がするほどの平和主義者だから、格闘戦には不向きだ」

その言葉通り、ヘルアイラは早見の足刀蹴《そくとうげ》りを華麗に回避しカウンターを決める。

しかし、その数発の打撃は全て早見の『門』によって防がれた。

「ふむ、面倒だな、まったく」

………………?

なんだ、どうしてヘルアイラは早見の【究明証】を消さずに戦っている?

「仕方ない。ちょっと本気を出すとしようか。もう命の保障はできないよ」

「いいわ、だったら私も全力を出すとしましょう。【楽園】、完全開――なっ……!?」

陽動。

銃に見立てた指先をヘルアイラに向け、早見が【究明証】を使った大技のモーションに入った瞬間。

それを誘ったヘルアイラは、彼女を無視してこちらへ向かってきた。

真っ向から戦う気で構えていた早見は反応するのが遅れ、大きく距離を開けられる。

「悪いけど君の相手はしたくない。律儀《りちぎ》に付き合おうとしてくれてありがとう」

「……なるほど、ね。最初から私のことなんて眼中になかったと。マズいわね、早見くんが射線上に入ってしまっているから、これじゃ撃てないわ……ごめんなさい」

「いいさ早見ちゃん。何を撃とうとしているのか知らないが問題ない」

おかげで無事に準備は済んだ。

どうやら、ヘルアイラは効率的に大本である俺を狙うつもりらしい。

だがこちらは唇さえ奪われなければいいだけの話だ。

前回の教訓を活かし、俺は左手で口元を覆ってヘルアイラの迎撃を試みる――が。

「なんでそこを隠しちゃうかなぁ。……じゃあ、まぁ、ここでいいか」

――雪辱してあげて、【天使《ドライ・イスラフィール》】――

と、ヘルアイラはその唇で『門』を無効化して俺の右腕を掴み――手の甲へキスをした。

「……!?」

なんだよ、別にマウストゥマウスじゃなくてもいいのか……!

結果的に前回と同じレベルで動揺することになり、左手に膝蹴りを受け、持っていたナイフが宙を舞う。

そこから派生したヘルアイラの斬撃は回避したものの、刃先が銃を弾き、またしても手元から離れてしまった。

俺はすぐさま反撃しようとするも――

ドス。

腹部にナイフを突き立てられ、後方への撤退を余儀なくされる。

まったく、分かっててもやっぱ怖いな……!

「悪いけどおとなしくしてもらうよ」

ヘルアイラは銃を拾い上げ、そのままスムーズに構えて狙いを定めた。

それをしっかりと確認してから、俺は遮蔽物である柱へ向けて走りだす。

バン！　バン！　バン！

パリン、パリン、パリン。

三発目が放たれる寸前に、前回よりも少しだけ左足の動きをズラした。

俺の脚の間を縫うようにして通過した銃弾により、ビル内のガラスが次々に割れていく。

「いいねぇ、これでリリスが壊した分もお前たちのせいにできるな！」

「……ふむ、まさか三発とも外すとは。随分と運がいいんだね」

柱の陰に隠れ、射線を切ってヘルアイラの様子を窺う。

まだか、ここから先は未体験だから、そろそろ来てもらわないとこま——

「眷属——！　まだ生きてる!?」

——来たか。

足音よりも先に大声が聞こえてきて、それから、魔女は再びその姿を現した。

「……んん、玖条ちゃん？」

突然の乱入者にヘルアイラが困惑した一瞬を衝《つ》いて、凛音は柱の陰に滑り込む。

これで一応、合流はできたが……。

「冷静に考えると、もっと前に戻って応援を連れてきた方が良かったかもしれないな」

「……再会して最初に出てくる言葉がそれなの？　どうせアンタも、リリスや衣坂《ころもさか》を巻き込む気なんてサラサラないくせに」

「まぁな」

当たり前だ。

「それで？　あいつの【究明証】のこと、どこまで分かってるの？」

「一応、制約じみたものはあるらしい。推測だけどな」

彼女は【究明証】を使う直前、毎回、キスを行っている。

ヘルアイラはああいった情熱的なアクションを取るタイプには見えないので、あれは能力の発動に必要な所作《しょさ》だと考えていいだろう。

今日の午前中に会話した際も、最後に唇が触れるくらいの距離まで急接近されたし——

「え、そのエピソードは初耳なんだけど」

「そんなこと言ってる場合か。いま重要なのは、ヘルアイラは【究明証】を発動するためには対象に『キス』をする必要があるかもしれない、ということだ」

「相手に触れることが発動条件ならまぁ、納得できる理屈ね。……あ、でも待って、そうなるとアイツはもう何回も、私より先に眷属へキスしたってことに!? うそ……!?」

凛音はひどく動揺した様子で、なにやらブツブツと呟いている。

納得できる理屈ね、あたりから先がよく聞こえない。

「落ち着け。まばたきするだけで時間を戻せる奴がなに言ってんだ」

「いや、そういう意味で驚いてるわけじゃ……まぁいいわ、言いたいことは分かった。要するに触れられなければ大丈夫なのね」

「そうだ。俺がヘルアイラと戦うから、お前はここで勝つまで時間を戻してくれ」

「嫌よ」

「……なんで？」

一緒に戦うって言ったのに？

「一緒に戦うって、そういうことじゃないでしょ？　だからアンタはチェスが激弱なのよ。戦闘もチェスも同じ。一つのマスに効いてる駒の数が多い方が有利なの」

「まさか……お前も来る気か」

「当然でしょ。ヘルアイラがそう簡単に隙を見せない以上、向こうが私の【究明証】の真価に気づいてそれを消去し、勝ちを確信したタイミングで制圧。これでいくわ」

「だが、その作戦だと……」

ヘルアイラ・サニーフレアに玖条凛音のことを『脅威』だと認識させる必要がある。

すなわち、これまでの戦いで最も――彼女を危険に晒すことになるわけで。

「それでいいって言ってるでしょ。一緒に戦うために来たんだから、囮《おとり》だろうと捨て駒だろうとなんでもやるわよ」

「……了解した。じゃあ、作戦内容を詳しく打ち合わせして――」

「そんな時間あると思ってる？」

「ないなら戻せよ。お前がここに来た瞬間に戻せばそれくらいの時間は作れるだろ」

「アンタの考えてることは全部わかる。だからいちいち示し合わせる必要なんてないわ。まったく、何年一緒にいると思ってんの！」

そう言って、凛音は柱から勢いよく飛び出した。

「おいおいおい……ああもう！」

こっちはまだ三日目なんですけど！　なんて言葉を飲み込みつつ、俺も主の後に続く。

突如現れ、そしていきなり自分へと突っ込んでくる魔女に対し、ヘルアイラは首を傾げた。

「……ふむ、どうして玖条ちゃんがここに？」

「だから教えないって言ってるでしょ！　何回も聞くな！」

「何回も？　さすがに自分がした質問を忘れることはないんだけどね。……まぁいいや、ここで玖条ちゃんを殺せれば手間が省《はぶ》ける」

と、こちらに向けて銃を構えるヘルアイラ。

さて、魔女とその眷属がヘルアイラに辿り着くまでの距離は、およそ十五メートル。

近づけば近づくほど、取り返しのつかない箇所に被弾するリスクは高くなる。

「うーん、眷属君は【究明証】を消しているし、いくらかダメージも入っている。だからまぁ、当然こっちだよね」

バン！　バン！

「く、うっ……」

彼女の銃撃は正確に凛音の身体を捉えた。

が、魔女はよろめきながらもその闘志を失うことはなく――不敵に笑う。

「はいはい、いいわ。タイミングは分かった。……飛び去りなさい、【魔　女《チェックメイト・ウィッチ》】」

←

「うーん、眷属君は【究明証】を消しているし、いくらかダメージも入っている。だからまぁ、当然こっちだよね」

バン！　バン！

「……かはっ」

一発目はどうにか回避した凛音だったが、ほぼ同時に放たれた二発目を避けきれず、彼女はまたしても弾丸に貫《つらぬ》かれた。

「あーもう、分かっててもムズすぎ……！」

「凛音、やっぱり俺が……」

「そんな心配そうな顔しないの。なんかやる気の出る言葉とかかけて」

「……えっと、俺は既に三発も避けてるぞ、お前と違って二回目の時点でな」

「そう、それでいいわ。おかげで——やる気と殺意が湧いてきた」

「…………」

ダメじゃん。

お前が言えって言うから言ったのに。

そして、三度目。

バン！　バン！

「――はい、ここね」

凛音は身体をわずかに反らし、最低限の動きだけで華麗に避けてみせた。

二発もの銃弾を凌《しの》ぎ、依然《いぜん》として自身に迫ってくる凛音を見て、ヘルアイラは――

「何故だ。未来が見えたからといって、人間が銃弾を易々と避けられるはずはない。まぁ、試行回数を重ねればありえない話ではないだろうが、それは未来視だと不可能………あ」

そこで、天使の瞳に宿っている狂気が一層増した。

「まさか……いや、ありえる。それならお人好《よ》しの早見があっけなく死んだ理由も納得がいく。……はは、あはは。玖条ちゃん、君ってもしかして――時間を戻せたりする？」

「ノーコメント！」

「肯定してるようなものだよ、それ。……まったく、早見も大胆なことをする。他人のために命を捨てるなんてもったいないなぁ、とてもじゃないが理解できないね！」

「黙りなさい！」

「待て凛音！　飛ばしすぎだ！」

早見のことを貶《おとし》められて気が高ぶった凛音は、速度を上げて単独でヘルアイラへと突撃する。

しかし、ヘルアイラは腕のリーチ差を活かして彼女との接近戦を一瞬で制し――

カウンター代わりに、凛音の腕にキスをした。

「この、キス魔め……！」

「ごめんよ。私のことを熱心に追いかけてくれるのは嬉しいけど、年下の女の子はタイプじゃなくてね。だからもう、これっきりだ」

言って、ヘルアイラは魔女の額《ひたい》に銃口をあてがう。

「ちっ、仕方ないわね。一回戻っ………あっ」

――パチン、と。

凛音がまばたきをしても、何も起こらない。

「あぁ、消しといたよ。さぁ玖条ちゃん、君もやり直しのきかない一度きりの人生を楽しもうじゃないか。といっても――もう終わるんだが」

「……！」

「さようなら」

ヘルアイラは容赦なく引き金を引く。

けれど、しかし。

カシャン。

「……なに？」

銃弾は発射されず、呆然自失といった様子のヘルアイラ。

弾は全部で八発。今回は倒れ込んだ俺への一発が放たれていないので、射撃は七回。

「装塡されてる数を把握してるんだから、まだ撃てると思うよな」

だからあらかじめ――弾を一発抜いておいた。

さぁ、これでようやく。

彼女に隙と呼べるものが生まれた。

「決めろ、凛音！」

「言われなくても！」

ヘルアイラの側頭部を狙い、凛音は渾身《こんしん》の力でハイキックを叩き込む。

が、しかし。

「くふっ……ふふ、いいキックだね。戦闘のセンスは早見よりよっぽどいい」

ヘルアイラは攻撃を受ける間際《まぎわ》に腕でガードを行い、その衝撃を軽減させた。

当たりはしたが――浅い。

「今のは心の底から焦ったよ。……ただ、撃つ直前に最悪の展開を考えてみたんだ。もし本当に玖条ちゃんが時間を戻せるなら――今が一度目じゃない可能性だってあるだろ？」

「……っ！」

まさかここまで聡《さと》いとは。

『シャンゼリゼ』の〈ナンバー3〉は伊達《だて》ではないということか。

「きゃっ！」

凛音の首を掴み、ヘルアイラは銃を高く振り上げる。

「弾丸がなくとも、それなりの質量を持った金属の塊《かたまり》なんだ。人を殺《あや》めるには十分さ」

「眷属、私のことはいいからコイツを……！」

「間に合わないよ。君が先走ったせいでね」

「……！」

振り下ろされる銃から顔を背《そむ》けるようにして、凛音は目をぎゅっと瞑《つぶ》る。

――本来は。

早見がいる時点で。そこで駄目だったら最終ラインとしてヘルアイラが銃を空撃ちした時点で、仕留めるつもりだった。

そういう意味でいえば、こちらの作戦は全て看破《かんぱ》されたと表現してもいい。

ただ。

それでも勝つのは俺たちだ。

まぁ、ここから先は「作戦」ではなく――ある種の「賭け」になってしまうのだが。

ヘルアイラを打破するための最重要事項は。

彼女の【究明証】を消す能力が、同時に複数人を対象にできるのか、はたまた一度に一人だけなのか、ということ。

記憶を消す能力の方は、俺や灯華、そしてリリスへ同時に使用できているので、やや絶望感がありはしたものの――ここまで知り得た情報を元に、俺は後者だと結論付けた。

何故なら、もし自由自在に他人の【究明証】を消せる場合、早見との戦闘で彼女の『門』を消去しなかったのは不自然だ。

わざわざ勝ち目のない格闘戦を交えて陽動なんて仕掛けずとも、さっさと消して倒してしまえばいい。

あの行動に理由を持たせると、彼女の【究明証】を消去する能力には『クールタイム』と『対象人数の制限』が存在するということになる。

数秒単位の、短い間隔での連続使用ができず、同時に複数人を対象にできないため、ヘルアイラは早見には発動せず、迅速に本体と思わしき俺を狙った。

よって、俺の仮説が正しければ。

ヘルアイラが魔女の【究明証】を消去した、今この瞬間、誰も【楽園】の扉を施錠することはできない。

当然、向こうもそれを理解しているからこそ、俺が【楽園】で早見たちを呼び出しても妨害が間に合わない距離を保っている。

では、ここからどうやってヘルアイラを打倒するのか。

そこに関してはもう、自分自身を信じるしかない。

究明機構最強の探偵と謳《うた》われた――早見諌早の力を。

「【楽園《アンチ・ディストピア》】、開門」

先刻、早見はヘルアイラとの戦闘の際、「撃つ」や「射線上」といった、なにかを発射しようとしているような言い方をしていた。

だからきっと。

俺が忘れているだけで、早見諫早には奥の手があるんだろ？

「ええ――もちろん」

ピシッ、と。

空間を裂いて隣に現れた早見が、俺の指先に手を重ね、ヘルアイラへと向ける。

「周囲に展開して何もかも拒絶していたさっきまでとは逆。この世の全てを受け入れる状態で撃ち出された『門』は、その軌道に存在するあらゆるモノを【楽園】へと連れていく」

「……つまり？」

「つまり、凛音ちゃんを傷つけないよう、しっかり狙わなきゃダメよってこと。【楽園《アンチ・ディストピア》】――完全開門《フルオープン》」

彼女が耳元でそう唱えた瞬間。

俺たちの手元から黒い閃光が一直線にビル内を奔《はし》り、ヘルアイラが握っていた銃の――先端にあたる大部分が消し飛んだ。

まるで、絵に消しゴムをかけたみたいに。

その軌道上にあった物体も、空気も、光さえも消し去って――

「……なんだ、これは」

それを目《ま》の当たりにして、さすがのヘルアイラにも動揺が走る。

そのわずかな隙は——今度こそ逃《のが》さない。

なんとしても凛音を無事に帰さなければいけない以上、手加減している余裕はない。悪いが、今回ばかりは手荒になるぞ！

俺は一瞬で距離を詰め、射程距離内に入ったヘルアイラへ、新たに呼び出した早見たちと共に全方向からの連撃を浴びせ——凛音を奪い返す。

「ぐ、ふ……！」

完全に予想外となる攻撃を続けざまにくらい、受け身も取れず床に転がるヘルアイラ。

衝撃の逃げ場がない一斉攻撃により、彼女の身体は気絶寸前まで追いやられている。

「……まったく、しぶといなぁ、早見は本当に。まぁでも、いいね、私と対等以上に渡り合える人間は、貴重だから……だから私は、君のこと、が……」

その先を口にすることなく——ヘルアイラは気を失った。

……ついに。

俺の記憶を消し、凛音の大切な人を奪った人間を——捕らえることができた。

「勝った……いや、本当にマジで大変だった……」

「……え、あれ、いったい、なにが……」

「終わったよ、なんとかかな」

凜音が目を開ける頃には、もう俺以外の早見は姿を消していた。

「終わったって、あの状況でどうやってヘルアイラを…………うっ」

バタン。

そこで不意に、凜音が倒れ込む。

「おい、どうした、大丈夫か!?」

【究明証】の反動？　それともまだなにか、ヘルアイラが仕掛けて――

「足、つった……」

「…………」

紛《まぎ》らわしい奴。

「ヤバいかも。両足を同時に……」

「普段まったく運動しないのに急に無理するからだ」

「うるさい。以前の私を忘れてるくせに適当なこと言わないで」

「なんかスポーツとかやってんの？」

「…………」

でしょうね。……ったくもう。

俺は彼女の前で腰を屈める。

「ほら、乗れよ。家まで連れて帰ってやる」

「ええ……私もう、おんぶって歳じゃ……うー……仕方ないか……」

渋々といった様子で、凛音は俺の背中に身体を預けた。

軽いなぁ本当に。風に吹かれたら攫《さら》われてしまいそうなくらい儚《はかな》い。

「よし、じゃあ灯華に連絡するか」

「そうね。ヘルアイラが目を覚ます前に連行しないと……って、え」

自身の足が何かにコツンと当たった凛音は、それを確認するために首を伸ばした後、一瞬言葉に詰まり、やがて驚愕《きょうがく》する。

「ちょっと待って！　アンタ、よく見たらお腹にナイフがぶっ刺さってますけど!?」

「……これか。まぁ、かなり痛むが……たとえ死んでもお前を家に送り届けるからな」

「なにその変な使命感!?　ど、どうしよう！　今すぐやり直さないと眷属が死んじゃう！」

「あ、待て待て。戻るなよ」

ハチャメチャに焦っている凛音に種明かしをしてあげよう。

俺は服の内側からナイフの突き刺さったメモ帳を取り出す。

ヘルアイラの攻撃を全ていなすと余計に警戒させてしまう恐れがあったため、ある程度は窮地に陥っている感を演出する必要があったのだ。

「刺されるポイントに早見のメモ帳を忍ばせておいたから問題ない。見ての通り無傷だ」

「……バカ」

腕に力を入れられ、軽く首を絞められる。

「ふざけてる場合？」

「お前が先に足をつってシリアスな空気を壊したんだろうが」

そんな雑談を交えつつ、灯華に連絡してリリスと中へ入ってくるように伝える。

うわ、凛音からめっちゃ着信来てるわ……。

ひぇぇ。

それから――僅か数分後。

衣坂灯華が、数名の探偵を引き連れて到着した。

「お待たせしましたー。リリスさんは入り口を見張っててくださるそうです。……で、どういう状況なんです、これ？」

「あっちで気絶してる三人が『ニライカナイ』の探偵。一応、被害者ってことになるのかな。で、ヘルアイラが……早見を殺害した犯人だ」

「ヘルアイラさんが？　そ、そんな、なにかの間違いでは……」

「そうであってほしいけどな。まぁ――本人がそう言っていたから」

「そう、ですか。……分かりました」

彼女にとってヘルアイラは親交のあった同僚――複雑な感情を抱いて当然だ。

それでも、灯華は自らの動揺を胸にしまい込み、任務のために声のトーンを切り替えた。

本当に、どこまでも立派なＪＫである。

「では、とりあえず皆さんを『シャンゼリゼ』までお連れしますね」

「よろしく頼むよ」

「はい。……で、あの、眷属さんはなぜそんな格好を？？？」

「……あ」

しまった。

着替え持ってきとけばよかった。

「……ちょっと色々あってな」

「色々ありすぎじゃないですか!?　ってことは、私がさっきすれ違った人って眷属さんだったんですね……え―カワイイ。ちょっと後で一緒に写真撮りましょ」

「撮らない。……悪いけど一旦、帰るわ」

「え、一緒に来てくれないんです？」

「ああ、凛音をマンションに送ってから合流する」

「なんで凛音さんをおんぶしてるかは訊いてもいいんですか？」

「凛音、どう？」

「ダメ」

「だってさ」

「……了解です。では、お気をつけておかえりくださいね」

「はいよ。……あぁそうだ、これ」

先程の約束を果たすため、俺は懐《ふところ》から取り出した名刺を彼女に渡す。

「ありがとうな、灯華」

「おー、これで私もついに眷属さんのお名前を呼べるんですね……って、あれ、この名刺って早見さんのですけど？」

「ああ、つまり俺のだな」

「へ？　あ、え？　ちょ、ちょっと待ってください！　どういうことですか！」

「あとで説明してやるよ。それじゃ」

背後から聞こえてくるとてつもなく混乱している灯華の声が、段々と遠くなっていく。

そのまま颯爽《さっそう》と立ち去ることができればよかったのだが。

ビルを出る直前、俺は入り口で警戒態勢になっているリリスに止められ、この格好をしている事情を一から説明し——それからようやく、天雷区のビルを後にしたのだった。

←

「結局、数少ない知り合い全員にバレてるわ」

どうするんだよ。これから。

行き場のない気恥ずかしさに襲われながら、ビルを出てすぐの道を歩いていく。

「別にいいじゃない。見られたところで、その姿が早見に結び付く人間は少ないし」

「あ、もしかして俺が情報リテラシーの観点から嘆いてると思ってる?」

「違うの?」

「ああ、女の子の格好をしているのを見られたのがハズいから嘆いてる」

「今の時代、誰がどんな格好をしようとその人の自由でしょ」

「そうだな。俺もそう思う。その上で、これは俺の望んでいる姿じゃない」

「あ、駅の方じゃなくてあっちの通りに行って。車を待たせてるから」

「無視すんな」

「んー、もう疲れた。今日は朝から一日中遊んでたし、いっぱい走ったし、ヘルアイラに撃たれたところも、なんかまだ痛い気がするし……すっごく眠い…………」

そう言って、俺の背中で「ふわぁ……」と大きなあくびをする凛音。

「そろそろ足の痛みも治まっただろ。眠気覚ましに歩くか?」

「いや、歩かない♡」

わざとらしい甘えボイスでぎゅっと密着された。

「…………」

歩けよ。

が、ご主人様を強引に降ろすわけにもいかないので、背中におぶったまま会話を続行する。

「今日ってさ、テーマパークとか水族館とか色々行ったけど、結局、目的は早見用のアイテムを買いに行くことだったんだよな?」

「うん……そう…………」

「なら、最初からショッピングにだけ行けばよかったんじゃ？」

「…………」

「また無視か」

「……………」

「なんとか言え。……あれ？」

一旦俺も黙り込んでみると、背中からすぅすぅと寝息が聞こえてきた。

……寝たのか。

まぁ。

今回の早見諫早にまつわる事件は、俺にしてみればたった数日の出来事だが、彼女にとってはもっともっと長い期間であることは確かである。

悲しみや喪失感を抱《かか》えたまま、今の今まで、気が休まらない時間が続いていたのだろう。

「……お疲れさま」

だから、今は寝かせてやろうじゃないか。

うん、それでいい。

「……いやよくないわ。どの辺に車を待たせてるか聞いてないし」

タクシーで帰ると車のドライバーさんは待ちぼうけになるし、連絡先も知らないし。

けど起こすのもかわいそうだし……。

なんて、帰りのプランをどうするべきか思案していると――

「――大丈夫。このまままっすぐ歩いていけば、大通りへ出てすぐのところに停まってるわ」

誰もいないはずの隣から声が聞こえた。

そちらへ顔を向けると、黒髪の美少女と目が合う。

「……早見か」

「ええ、早見よ。例によって貴方もそうだけどね」

「道案内に来てくれたのか」

「そっちはついで。さっきは戦闘でそれどころじゃなかったから、【究明証】の説明をしてあげようかと思って」

「あぁ……凛音に話を聞いた感じ、なんとなく『早見諫早』は二人存在するんだろうなとは思ってたけど……あの数はどういうことだ」

「私たちの【究明証】は、【楽園】に繋がる『門』を開くことができるの」

「……『門』？」

「この世界と【楽園】を隔《へだ》てる境界ね。さっきのように、私たちが自分の周りに『門』を展開した場合、通行許可を与えない限り、その物体は私たちに辿り着かない」

「つまり攻撃が効かないと？」

「そういうこと。それで、その『門』を経由すれば、【楽園】から他の自分や物なんかを連れてくることもできる。ま、言語化するならこんな感じかしらね」

「言語化されてもよく分からないな。【楽園】っていうのはどこだ？」

「うーん、並行世界とか、パラレルワールドとか、そういう言葉が近いと思うわ」

「つまりお前は今、他の世界からここに来てるのか？」

「そういうことになるわね。まぁ、貴方もそうなのだけど」

「あ、え……俺も？」

「ええ、元々この世界にいた早見は、貴方を残していなくなった──あの子なの」

「………………」

ああ──だから二人いたのか。

双子でもコピーでもなく、同じ人間が、二人。

「死んでしまった早見は、なんで俺をここに呼んだ？」

「呼んだというか、多分、貴方が勝手に来たんだと思うわ」

「……勝手に？」

「ええ、【楽園】の性能には個人差があってね。この世界の早見は『門』をほぼ扱うことができなくて、別の自分を呼べなかった。だから貴方は心配でずっと一緒にいたんじゃない？」

「え、いや、他の早見が来れないなら、俺も無理なんじゃないの？」

「貴方は特別。【楽園】の出力が規格外の、私たちの中でもイレギュラーというか……珍しい存在ね。私、貴方以外の男の子の自分に会ったことないもの」

「ええ……なんか不純物みたいで嫌だな」

「いや、まぁ、私はオンリーワンでカッコイイと思うけど……」

と、早見は相槌《あいづち》を打ちつつ、なにやら不可解そうに顎へ手を当てる。

「……なんか、思ったより驚かないのね。記憶、ないんでしょう？　いきなりこれだけのことを打ち明けられているのに、リアクションが薄くない？」

「俺の格好に一切触れないお前に言われたくない」

「ふふ、我ながら素敵よ。私も美容にはかなり気を遣っているけど、負けちゃいそう」

「感想を求めたわけじゃない」

ていうか、驚いてないわけがないだろ。

ただ、この数日で常識の範疇外《はんちゅうがい》のものを受け入れるメンタルが鍛えられただけだ。

「なるほど、ね。じゃあそんな貴方に、一つ忠告」

「なんだ」

「シルエットを完全に似せるなら、胸にもちゃんと何か詰めた方がいいわ。私、それなりに大きいから」

「…………あっそ」

「明るい昼間だったらきっと、ヘルアイラに見破られていたと思うわよ」

「うるさい」

「でもここまでよく頑張ったわね。いい子、いい子」

「やめろ、頭を撫でるな。お前もう帰れ」

「なによ、つれないわねぇ。まぁいいわ。貴方も凛音ちゃんもお疲れのようだし、今日のところはこれで失礼させてもらうとしましょうか」

「……凛音が頭を撫でられて喜ぶのはお前の母性本能のせいか」

と、早見の愛情表現にツッコミを入れつつ、俺は最後に——彼女へ提案をしようとした。

なぁ、凛音に会ってみないか？

そう口にしようとした瞬間。

「やめておくわ」

早見は即答する。

「同じ見た目で、同じ声で、同じ性格でも、私は凛音ちゃんと一緒に過ごした早見諫早ではないから」

「…………」

「時を戻せる【究明証】を持つ彼女は、その気になれば何度も遡行して、協力を拒《こば》む早見を説得し続けたり、戦闘へ強引に介入したり、なんなら死ぬ前の早見とずっと一緒に過ごすことだってできる。けれど、凛音ちゃんは賢いから、きっと早見の考えを悟ったんでしょうね。そしてその意志を尊重して、いつでも会いに行けるのに、もう絶対に戻らないと決めて、前へ進もうとしている——そこへ今更、私がノコノコ出ていくのは失礼よ」

「けど……」

「大丈夫。今の凛音ちゃんには貴方がついてるでしょ？　だからきっと——寂しくないわ」

と。

彼女は口角を上げ、俺なんかとは似ても似つかないような美しさで。

クスリと笑って。

「それじゃまたね。今度会った時はぜひ一緒にチェスをしましょう」

そう言い残して——早見諌早は俺の前から姿を消した。

←

ごめんなさいね。

もっとお高いホテルに泊めてあげたかったけど、追跡を避けながらだと、あのビジネスホテルが最寄りだったのよ。

記憶を失ったこと、後悔してない？

この世界から早見諌早の存在を消して——用心深いヘルアイラと、その周囲の人間たちを打《だ》尽《じん》する。

一応、計画を練りはしたものの、貴方に引き受けてもらうのが申し訳なくて、結局最後まで言いだせなかったけど……どうせ分かっていたんでしょう？　同じ人間だから。

私は、私以外の全員が幸せに生きていてくれたら、それ以上の喜びはないわ。

それはもちろん、自分以外の自分も含めてね。

だから、貴方に後のことを任せてしまって、申し訳な……うーん、謝ってばかりというのも忍びないわね。やはり最後くらい、キチンとお礼を言っておきましょうか。

――ありがとう――

性別も性格も一人称も違う私。貴方がいてくれたから、楽しかったわ。

じゃ、あとはよろしく♡　凜音ちゃんを悲しませたら殺すわよ♡

←

「…………」

夢を見た。

どんな夢を見たのか、誰に何を言われたのかも分からないが。

なんかこう、「かしこまりました……」と答えなければ、いけないような気がした。

「…………ん」

ベッドから体を起こすと――なぜか、凜音が俺の隣で眠っていた。

向こうは既に起きていたらしく、俺が目覚めたことに気づくとその目をパチリと開ける。

「おはよう、いい朝ね」

「……なんで俺の部屋にお前がいる？」

「逆。私の部屋にアンタがいるの」

「……？」

目をこすりながら部屋を見回すと――

そこは凛音がいつもいる、広大なワンルームだった。

「俺はなんで、自室じゃなくてお前の部屋に？」

「知らないわよ」

「……あぁ」

多分、凛音をここに寝かせて灯華と合流しようとしたのかな。

で、そこで俺も体力の限界が来て寝落ちした、と。

「いやぁしかし、とにかく無事に終わって良かったな」

「あら、そうねって言ってもらえると思ってる？」

「え？」

「私いま、昨日のアンタに対して死ぬほど怒ってるんですけど？」

ガシッ、と。

襟元を掴んで思いっきり前後に揺さぶられた。

「私との約束は⁉　向こうに着いたら電話しなさいって言ったのにしなかった！　心配だから電話したのに出なかった！　もう絶っ対に死んでると思ったわ！」

「悪かった悪かった悪かった！　ごめんって！」

「アンタ何一つ私の言うこと聞かないじゃない！　死ね！」

「お前が一番俺に対する殺意が強いな⁉」

勢いがついた状態のまま手を放され、俺はベッドに倒れ込む。

起き抜けに頭をシェイクされて記憶が消えそう。

約束を守らなかったのはお互い様だろうに……。

「……マジで悪かった。許して、なんでも言うこと聞くから」

「それで機嫌を取ろうってわけ？」

「いや、そういうわけじゃなくてさ……ほら、初めて会った時、俺の依頼を解決してくれたら、代わりにお前の依頼を引き受けるって、そういう契約しただろ」

「したわね」

「俺の方はヘルアイラが犯人だって判明したから、次はお前の番だ」

「うーん、今は特にないわね。元々早見に頼もうとしていたことは、半分は叶ったし」

「……？」

「ていうかそもそも、まだアンタの依頼は解決してないわよ？」

「え？」

「早見が書いてた依頼内容、復唱してみなさい。記憶力がいいならできるでしょ？」

「あぁ……えっと確か、『こんにちは凛音ちゃん、今回、名探偵である貴方に依頼したいお仕事は、私、早見諫早を殺害した人物たちの確保。及び、それを指示した組織の特定です。先日――』」

……あ。

「気づいた？」

「早見を殺した人物たちの確保。及び、それを指示した組織の特定って言ってる……」

「そう。さすがにヘルアイラ一人であれだけのことができるとは思えない。当然、他にも仲間がいるでしょうね」

「でも、あいつ、そんなこと一言も……」

「あの計算高い女は自分さえ信用してないの。アンタに何も言わないってことは、機密性を高めるために自分の記憶も消してるのかもね。自室にデータを残しておいて、帰るたびに思い出せばいいだけの話だし」

まったく、と凛音はため息をつく。

「『シャンゼリゼ』に行くわよ。あいつに会って話を聞くわ」

「お前、こんなすぐに会って大丈夫なのか？　気持ちの整理とか……」

「殺したいくらい許せないけど、それじゃ何も解決しないしね。仕事に私情は持ち込まないわ」

「凛音……」

強いな――俺のご主人様はどこまでも。

「でも罰は必要よ。あいつ、普段はずっと落ち着いた服ばかりだから、大胆に肌を露出した格好でもさせて尋問《じんもん》しましょう。ノースリーブのニット持っていこっと」

「……鬼だな」

と、そこで。

平常運転の彼女を見て安心するとともに、俺の心にはある疑問が浮かぶ。

「そういやさ、ヘルアイラは俺を見て、やっぱりそこそこ驚いてたよ。なのになんでお前は最初に会った時……俺のことを忘れてたんだ？　そんな浅い仲じゃなかったはずなのに」

「忘れてたわけないでしょ。アンタがなにも覚えてなかったから、それに付き合ってあげてたの」

「じゃあ本当は、どの時点で気づいた？」

「どの時点って？」

「だから、俺と会って、いつ気づいたのかなぁって」

「会ってぇ……？」

心外だとばかりに。

凛音は怪訝そうに顔をしかめる。

「やっぱあそこか、俺の持っていたメモ帳に早見の名前が書かれてた時か？」

「大ハズレ。その質問はそもそも、前提が違うわ」

「はい？」

「会う前から」

魔女は言う。

「記憶のないアンタが初めて訪ねてきて、アホみたいにドアをバンバン叩いた時」

「は？」

「私をあんなイカれたノックで呼び出そうとするのは、アンタしかいないから」

「つまり、初めからってことか……!?」

「だからそう言ってるでしょ。ちょっと一緒にいたからって、私のことを知ったような気になってるんじゃない？　その認識は改めなさいよ。今のアンタは私のことなんてなんにも知らないんだから、バカ眷属」

そう言って。

玖条凛音は妖《あや》しく笑う。

嬉しそうに、あるいは楽しそうに。

どこかの誰かと同じような冷ややかな笑みを浮かべて——笑う。

「【魔女】であるこの私が、知らない人間を家に上げるわけないでしょ？」

「…………」

なるほど、な。

あとがき

この度《たび》は本作をご購入していただき誠にありがとうございます。

初めまして。ぷれいず・ぽぽんと申します。

私は基本的に「喉元《のどもと》過ぎれば熱さを忘れる」ということわざを体現しているような人間なので、夏の間は暑さに辟易《へきえき》して「やっぱ冬の方が好きだなぁ」と思いながら生活しているのですが、いざ冬になって寒さが本格化してくると「やっぱ夏の方がいいな」と手のひらを返しながら生きています。毎年。

この本はそんな節操のない奴が書いたものなのですが、楽しんでいただけたでしょうか。

楽しんでいただけたなら幸いです。

そうじゃなかったら申し訳ないです。

それでは、ここから少しだけ作中の設定について語らせていただければと思います。

本作は主人公である早見《はやみ》が「時間を戻せる」メインヒロイン、玖条凛音《くじょうりんね》と行動を共にすることになるので、駆け出しの分際で生意気ですが、それに関連するキーワードを盛り込んでみました。

早見が好きなおにぎりの具が鮭《さけ》なのは、鮭が産卵のために川を「遡行《そこう》」する生き物だから、とか。

最初に仲間になる衣坂灯華《ころもさかとうか》も、坂というのは傾斜があって下ったり上ったりするものなので、さかをのぼるから「遡る《さかのぼ》」みたいな。

そういうちゃちな言葉遊びを入れてみました。

他にも色々とあるので、もし暇《ひま》で死にそうな時がありましたら考えてみてください。夜、就寝時に電気を消して寝付くまでの間とかに。

そういえば、なんやかんやで結局、リリスの【究明証《ライセンス》】のフルネームは出てきませんでしたね。

設定としては決めてあるので、いつかどこかで出せたら嬉しいです。

これは余談なんですけど、彼女の苗字である「カレンデュラ」というのは「キンセンカ」という花の別名で、この花はとても規則的な時間間隔で成長する植物なのですが、昔の人々はこのカレンデュラの成長度合いを見て時の流れを把握しており、一説によると「カレンダー」の語源になった花らしいです。

自然の力ってスゴいですよね。

そして今回、そんな花のように可憐《かれん》なキャラクターたちのイラストはS・i・n・o《シイノ》先生に担当していただきました。

いやはやとてつもなく素敵でしたね。文字だけのキャラクターにイラストが付くと本当にグッと魅力的になります。

製作段階でキャラクターのイラストや表紙のデザインができあがる度、毎回毎回、感嘆の息を漏《も》らしてました。

なんかカッコつけた言い回しになりましたけど、本当は、ただ単にスマホを眺めながら「すげぇ……」って小声で呟《つぶや》いてただけです。

では最後に、皆様へお礼の言葉を述べてあとがきを締めくくりたいと思います。

この本の製作に携わってくださったすべての方々。

そしてなにより、この作品をここまで読んでくださったあなたへ、心よりの感謝を。

ぷれいず・ぽぽん

この作品の感想をお寄せください。

あて先　〒101-8050　東京都千代田区一ツ橋2-5-10
集英社　ダッシュエックス文庫編集部　気付
ぷれいず・ぽぽん先生　Siino先生

ダッシュエックス文庫

※ただし探偵は魔女であるものとする

ぷれいず・ぽぽん

2025年2月26日　第1刷発行

★定価はカバーに表示してあります

発行者　瓶子吉久
発行所　株式会社　集英社
〒101−8050　東京都千代田区一ツ橋2−5−10
03(3230)6229(編集)
03(3230)6393(販売／書店専用)　03(3230)6080(読者係)
印刷所　TOPPAN株式会社

ISBN978-4-08-631587-6 C0193

ダッシュエックス文庫

エロゲの世界でスローライフ ３
〜一緒に異世界転移してきたヤリサーの大学生たちに追放されたので、辺境で無敵になって真のヒロインたちとヨロシクやります〜

白石 新
イラスト／タジマ粒子
キャラクター原案／ツタロー

【第12回集英社ライトノベル新人賞 王道部門・金賞】
魔法少女スクワッド

悦田半次
イラスト／ニリツ

落ちこぼれギルド職員、実はSランク召喚士だった ２
〜定時で帰るため、裏でボスを倒してたら追放されました〜

茨木野
イラスト／ana

バズった？最強種だらけのクリア不可能ダンジョンを配信？自宅なんだけど？

相野 仁
イラスト／桑島黎音

同盟締結のためにスペルマ国にやってきた。悟たちを良く思わないギャル王たちを納得させるために親善武道大会に参加することに!?

不運なミスで命を落とし、間借りしていた体でピンチに陥った主人公は、一緒にいた美少女で問題児な同級生を魔法少女に変身させ!?

再就職を果たし、穏やかな生活を送るキルト。だが、水面下では冥界四天王による魔神王完全復活に向けての計画が進められていた…！

ダンジョン探索配信アプリが流行中と聞いた不死川大和。ダンジョンが自宅の彼が配信を始めると、あまりの難易度に全世界が愕然!!

地味なおじさん、実は英雄でした。2
～自覚がないまま無双してたら、姪のダンジョン配信で晒されてたようです～

三河ごーすと
イラスト／瑞色来夏

後輩を枕営業から救ったり痴漢冤罪にあったりと散々なその日、ストレス解消のため入ったダンジョンで国民的歌姫の配信者と遭遇!?

高校時代に傲慢だった女王様との同棲生活は意外と居心地が悪くない 2

ミソネタ・ドザえもん
イラスト／ゆがー

山本のおかげで親友の笠原と再会できた林。しかし山本が笠原を好きだと勘違いし、二人をくっつけようとして大暴走してしまい…？

【第1回オトナの小説大賞・金賞】
異世界ラクラク無人島ライフ
～クラス転移でクラフト能力を選んだ俺だけが、美少女たちとスローライフを送れるっぽい～

神津穂民
イラスト／ぎうにう

妙な夢から覚めたら、異世界無人島に転移していた!? 手にした「クラフト能力」を使って、巨乳美少女たちとエッチなスローライフ!

原作最強のラスボスが主人公の仲間になったら？2

反面教師
イラスト／fame《フェーム》

平和を求めて敵国に亡命し、悠々自適に暮らすユーグラム。一方、第三皇子の失踪に動揺が走る帝国では、王都襲撃が計画され…!?

傷ついた少女を癒す **大人気ファンタジー** 初の

完全小説化!!

「大丈夫です。きっと私が
貴女を治してみせますから」

ダッシュエックス文庫より

大好評発売中!!

〔原作・イラスト〕ぎばちゃん　〔小説〕綾坂キョウ

豪華寄稿陣による
スペシャルアート掲載!!
寄稿作家一覧（50音順・敬省略）
碇マナツ　タケウチリョースケ
92M　千種みのり
桜井のりお　肉丸
40原　猫麦
じゅん　八木戸マト
祝！小説化!!!
カバーはこちら!!
小説『ボロボロのエルフさんを幸せにする薬売りさん』
Dying elf & apothecary

原作マンガを
ぎばちゃん先生
全面監修の元
フルカラー化!!
で、用件はなんなんだ
まぁお使いさんから厄介なモン押しつけられちまってね
コレ。
散々弄ばれて捨てられたエルフだ
中!!
本書だけの
新規描きおろし
マンガ＆イラスト
掲載!!

カバーはこちら!!!!!!
ぎばちゃん
Gibachan
ボロボロのエルフさんを幸せにする薬売りさん
Dying elf & apothecary
デジタル限定コミックス
『ボロボロのエルフさんを幸せにする
薬売りさん　カラー版』
（ヤングジャンプコミックスDIGITAL 刊）
大好評発売